绽放

最权威、最实力文学盛宴
青少年必读作文典范

全国新概念作文大赛
获奖者优秀作品

刘奔三 主编

Contents
目录

Part 1 时光列车
剪神 _002
时光列车 _014
陪你老了 _017
渡口 _023
在寻 _031

Part 2 闪烁
阿吞 _046
美丽世界的孤儿 _051
饼干情书 _064
闪烁 _072
时间长河 _096

Part 3 云锦
纸鹤 _106
云锦 _111
猫的女孩 _120
嗜睡 _125
慢下来的城市 _134

Part 4 老巷的桂花树
沉睡 _144
老巷的桂花树 _151
风吹榕树街 _160
凌晨 _171
西洲曲 _175

Part 5 你想要的陪伴
双人病房 _204
你想要的陪伴 _209
远远的出口 _217
关于猫 _224
陪伴是最长情的告白 _230

Part

1

时光列车

剪神

时光列车

陪你老了

渡口

在寻

剪神

文 ♦ 江春琴

全国新概念作文
大赛二等奖获得者

我爸这辈子其实挺苦的。

用我爸自己的话来说，就是"手艺人，总是要被人看不起的"。当然，这只是他一生三句至理名言其中的一句，所以这故事，还是要从这第一句开始说起。

我爸叫江裕民，现在人称老江，最早自称"剪子江"，往后走走，人称"江剪神"。

我爸第一次说出这话，是在他三十而立走向四十不惑的时候。那时候他真的就不惑了，清楚明白了手中这把品尝过无数年轻男女秀发香味的小剪子，已经跟不上这大时代的节奏了。这道理干干净净摆在那里，和他已经谢了顶的脑袋一样干净。

我曾经也想和他学做头发，却总被他骂没出息。

现在来找他剪头发的，只剩下了社区里的大爷大妈，还有被抱在怀里的娃娃要剪胎发。头上悬着的那块"剪子江"的招牌，渐渐地，变得跟他的人一样旧。

"我剪不来小年轻的头发了。"有天他和我坐在店门口，怅然若失，"你们现在都喜欢烫头发、染头发，还要用小药瓶做护理，这些我真的搞不来了。"

他说这话的时候，我能从他的眼神里看到他心中的疲惫。对他而言，最先进的技术，是十年前流行的"离子烫"，这十年风雨变革，让不善适应的他满身疲惫。这疲惫也是多方面的，人生走到这一步，他看着很多以前一起拜师学艺的师兄弟们都换了行当，也看到了现在来理发店当学徒的人越来越少了，甚至，他也看到了现在许多店里，技术不咋样，装修得贼漂亮，洗个头的钱都能

赶上自己三天的收入。

"每当我想起那些破事儿的时候,我心里就只剩下了当年拜师的时候,师父教会我的几句话。"我爸的师父,早年读过几年书,后来学的理发,这一干,就把后半辈子都搭了进去。

"师父那时候在看《庄子》,读那什么《养生主》,他说啊,做头发,是门儿手艺,这做手艺呢,到底离不开做人。这两天就看了这一本书,跟你讲讲这里边做人的道理:一呢,持心清净;二呢,宁神守一;三嘛,我想不起来了,你往后有机会自个儿琢磨吧!"

他只混完了小学,自然不懂,但书上的道理,活得久了,或许也就都明白了。人,也总会活到那个说话就是讲道理的年纪。

他跟我聊得正入神,迎面来了一位客人。

"儿子,招呼招呼,洗头。"我虽剪不来头发,但自小在店里耳濡目染,洗头的功夫还是有点。不过看这客人的头发没比我爸多几根,我估摸着有功夫也使不出来。

"小江啊,快大学了吧。"他没躺洗头床上,却突然说了这么一句。我寻思是爸爸以前的老主顾,就如实说了:"快了,今年高二了。"

"你这些年混哪儿去了?"我爸冷不丁来这么一句,听得我满脑子困惑。

"师父。"那客人朝我爸这么一叫,我才明白过来。

那人搬了张小椅子坐到我们中间来。听我爸介绍,才知道他是爸爸收的第一个徒弟。我爸叫他"小封",在他还是"江剪神"的时候收的。小封人聪明,学得快,不久就有人叫他"小封神"。

"我那时候拜师不容易啊!"他自述道,"拿了火腿,买了果篮,送到您手上,您还说要先试试我能不能行。"

"也没办法,那时候都是老规矩。"爸爸吐了一口烟,躺回了靠椅背上,椅子沉重地摇了三下。

"现在变了,想招徒弟都要贴广告,学徒还得给工资,不给工商局还要发通知。"

他们聊着,我插不上嘴,但也很安静地听着,仿佛这才是大人间的对话。

"你还干这一行不?"爸爸问他。

"几年前换了,现在承包食堂了。"他这时才把烟点上,抽的是红双喜,烟气辣眼——是故意不抽比他师父好的烟,表示尊敬,这一方面,他细致周到。

"到底走不下去?"

"以前还好,是女儿上高年级后换的。"他也是一脸无奈,"有次老师让全班人都说说自己爸妈做啥的,她说剪头发的,被人笑话了。"他猛地吸了一口烟,那神情仿佛能一口气吸尽所有烟草,"呸!放以前,哪有人敢这样看我,这样看我们手艺人!"当浓厚的烟雾在他鼻孔里转了几圈终于爬了出来的时候,他睁大了眼睛,那一刻,我竟从他的眼神里看出了一丝骄傲。

"我还记得当年,给小伙子剪平头,一剪子下去,要是多了两撮头发丝儿,我都觉得对不起师父。我师父当年原本想和我说三句话,那时说了两句,如今,这第三句我始终没明白。"当年的"江剪神",默默叹息着晚景的凄凉,我看得到他的眼神里流着泪,却读不进他的心。

"你晓得吗?过去学徒上手,怎么着也得学个一年半载的,也是规矩。现在倒好,就三天,洗头还没洗溜呢,就敢给人剪成型的。说到底也是这一行的人自己作践自己,才叫人看不起。"

听到这时,我爸平缓地吸尽了香烟最后的一段,烟雾与他无奈而温柔的语气一同从嘴里吐出来:"这手艺人,总是要被人瞧不起的。"那口气,像是在原谅这世界的什么东西一般。

我再一次见到这位"小封神"的时候，是在那年春节前后，他那时仿佛已经混出了点眉目来，是开着小车来的我乡下家里。爸爸那时候正在打理他好不容易长出来的一小堆头发楂儿，外面汽车笛子一响，他手上一抖，电推又给铲了个精光。

小封进屋时带了不少礼品，火腿、果篮，拜师时的讲究，一样没落下。他虽不再做这行当，对我爸却依旧尊敬。

他进屋在火盆边坐了会儿，待到身体回温，他才缓缓说出了第一句话：

"师父，咱去看看祖师爷吧！"

"我师父？"爸爸有些讶异。

"他快不行了，"小封目不斜视地盯着火盆，"我在他女儿单位里承包食堂，那天碰上了，问了起来。"

"我已经很多年没去见过他了。"爸爸显得十分惭愧，"那几年还算富裕的时候，我的心在城里，想着总能再挣点。后来落魄了，我的心在乡下，却也没脸面去见他了。"

"我这次来，就是想带你去看看他。"

"好，我去。"爸爸在房间那头招呼了我一下，"儿子，你也来，你先去镇上买条火腿、买个果篮来。"

不南不北的江浙，那湿冷的冬季，我拿着爸爸给我的钱徒步走出了家门。我往前看，大雪淹没了家前方的去路；往后回头，父亲映在窗口上的影子，佝偻着、伤感着，犹如曾经枝繁叶茂的参天大树，走到了冬季时的满目萧条。

在车上时，父亲一句话也没说，静静地看着车窗外，即便雪花已经盖满了玻璃，内侧已经结了一层粗糙的雾气。这是我第一次坐这么好的小轿车，坐在副驾驶上，我什么按钮都想碰碰，但爸爸如此安静，我感受到了这凝重的氛围，一是父亲对自己一事无成的事业的惭愧，二是他两人即将面对老先生的紧

张。这气氛压抑着我，使我不敢动弹。走过一半的路时，小封终于开了口，他单手把着方向盘，一手掏了一包烟递给后座的父亲。

"师父，要是撑不下去了，跟我一起做生意吧，至少，不用愁儿子上大学的钱。"

他就提了这一句，父亲还是没说话，但他环顾了下这辆小轿车，我猜得到他心中是有羡慕、有动摇的。

"到了。"小封放慢了车速。

我们下车时，老先生的女儿已经在门口等着了。我看那房子不大，是新世纪初乡镇上流行的小洋楼，不过十几年，这房子亦是风光不再。

玻璃门推开，那股理发店特有的浓厚发胶味儿与湿热的气息，使我爸觉得

亲切，觉得香甜。老先生坐在最靠近门的一把转椅上，说是在等我们，倒更像是在等客人。

他起身很快，全然不像是快不行了的人。

"来啦？"他脸上挂着慈祥的笑容，举止间又不失风雅，全然老学究的模样，不像是手艺人。

"师父，好些年没见着了。"爸爸开了口，我也礼节性地跟着鞠了一躬。

于是几个人围着火盆又开始了拜年时传统的闲谈。老先生还有一个和我差不多大的孙子，为我们沏茶，招呼得很是周到。

"师父您把招牌拆了吗？"我爸问道。

"拆了许多年了，你去城里几年后，我就拆了。"

"我倒是也一直很想知道原因。"小封也忍不住问。

"招牌这东西,终究是个负担,有了招牌就得护着招牌。我拆了,那以后剪头发,就单单为了把持手艺而已了,我活得也痛快。"

"师父这两年还在剪?"我爸爸感到有些不可思议。

"你们肯定以为我现在本应该躺床上了,"他笑得更灿烂了,"其实我早上还在给老主顾剪头发呢!"

这话让我们三人都震惊了。

"可我已经快开不下去了。"

"我几年前也转行了。"

"裕民啊,记不记得你拜师的时候我说的那三句话?"

"记着两句,第三句您没说全,我也没明白。"

"要是这世上有什么道理你不明白的,那就只能说明你活得还不够久。"他端起老烟枪,往嘴里送了几下,"有些道理,不是说出来的,是活明白的。"

我们没法接话,都找不到合适的言语来回应,恰巧这时到了吃饭的钟点,佳节时,菜肴丰盛,总让人乐以忘忧。

那日午间,又有不少人来老先生这里剪头发,老先生也不嫌累,只顾着动手。说来奇怪,他已经病到了筷子都拿不稳的地步,可一拿起小剪子来,却比谁都稳重,而一摸到客人的头发,却比谁都温柔。

老先生面容清秀,体格纤长,虽是病着,却也精神饱满。

这午间人越聚越多,春节前后,人们都想理个清爽的,寓意着一切从头开始。爸爸始终在一旁安静地看着,仿佛又回到了那年自己当学徒的时候。

"姑娘,你发质真好。"老先生对着一位年近四十的女子说着这句话,这话他说了几十年了,开始时是理发师的套路,人老了,说这话时,也开始走心了。

"咱们都认识这么多年了,还给我来这老一套。"那女子打趣着他。

"我第一次见你,也是这么说的吧。"

"您记性好,我都快不记得了。"

"知道吗姑娘,年轻时,我是个斯文人,读书的,后来荒废了,学了理发这门儿手艺,出名儿的时候,人们都叫我'剪神',几十年后,我旧了,但我还是个斯文人,剪子拿在手里,终究要像个斯文人做东西。"

"这话您和我说起过。"

"有些话还是要多说说,免得到死的时候给忘了。"

"甚至没死,就给忘咯!"父亲这时说了一句。

整家不大的店里,重新回归安静,只留下小剪刀咔嚓咔嚓悦耳清脆的声音,赛过数钱。

人再多起来时,爸爸上了手,来的还是那些与父亲差不多年纪的中年人,他剪得顺手,一下子仿佛找回了自己的光辉岁月。小封这时也不知从哪里找出一个音箱来,放的也多是八十年代流行的老歌,偶尔也跳出来几首老评弹,老先生听着也乐呵。直到最后,三人都开始动手剪头发,那样的场景,外人看来,仅仅只是三个师傅在一起剪头发,而在我看来,在他们三个看来,却带着那样无上的光荣与使命,那一刻,仿佛自己的生命真的献给了这项斯文且讲究的事业。

这一下午,原本已经腐烂的时间,仿佛一下子有了活力。

他们都曾有过被称为"剪神"的过去,得到这样的赞许,得到顾客的笑意,似乎就是这行当的手艺人最质朴无华的最高追求了。

理发店晚上八点半准时关门,不贪生意,不坏规矩。

"师父,今儿我活明白了,"爸爸裹着厚厚的羽绒服,在雪地里对老先生说,"我说得不斯文,那第三句话,应该就是要我不被外面的东西坏了里边的东西吧！哪怕被人看不起，但有些事还是得做。"这便是父亲说的第二句了。

老先生还是笑笑而已："我可不知道，这都几十年了，那时候说的我哪还记得。"

回去的路上，小封没再对爸爸说起让他转业的事，只是在离别的时候，对他说了句："有困难找我帮忙。"说得十分尊敬，他从没忘记自己是个徒弟。

春节过后不久，爸爸和我准备回城里了，换得的好心情，终究要用来应付现实问题的。

但在启程前，我们收到了老先生的病危消息。

即便匆忙赶去，终究是没见上老先生最后一面。

葬礼上，父亲没哭得昏天黑地，他只是默默地哽咽着，这样子却让人更能体会到真切的情感。

老先生女儿给了父亲一张纸，是老先生店面的产权证明。

"祖师爷其实一早就这么打算了。"这时，在前厅吊唁过的小封走到我们跟前，"他晓得你日子过得困难，有了这钱，小江也就不愁上大学了。"

"我爸爸说……他原话这么说的，"老先生的女儿说话了，"五岁识文断字，十岁通晓经典，二十岁弃文从艺，此后几十年，兢兢业业，不曾有过半分私心，晚年虽是一事无成，但终究想做点积德之事……所以，这房产，你拿去卖了吧！"

父亲依旧什么都没说，只是那张错愕的脸，我再也没有忘记过。

"至少，终于是不用担心你的学费了。"

后来，父亲终于对我说了这句话，但我那时清楚明白了，有些事，顺着本心走，才是真正该做的。

"爸，我想学手艺。"我如实回答道。

他这回却也没生气。

"有些事，哪怕被人看不起，还是要做的，对吧。手艺人，终究是要被人看不起的。但是要是大家都看不起自己，自己看得起自己，也就可以了。"这便是他说的第三句了。

"哟，儿子，客人来了，招呼招呼，洗头！"

我回头望向门外，恍惚间，仿佛见到了三个身影迎面走来，带着精神的光辉。

时光列车

文 ♦ 郑倩

全国新概念作文
大赛一等奖获得者

时光是一列没有终点的列车,在前进中熬不过时光的人提早下车,在日落之后只有一双纯净明眸于黑夜独享星辰。在你沉寂之时,漫天烟火,苍天无声,我伸手却做不到挽留,在梦境里,待我梦醒时分依旧可以许你一场盛世美梦。

巴金在被问到"是什么东西把我抚育大的"这一问题时,脑海中浮现"爱"一字。不错,爱,这个字眼在人的生命里被赋予了极其深刻的意义。而父母在一个人从小到大的生活中都承担起了爱的主体。贾平凹说,严厉的父亲是他生命里一个很重要的人物,在他成长的道路上和他写作的道路上都给予了他帮助以及灵感;杨绛先生的父亲对孩子是宽容的,她说父亲的教育原则是孔子的"大叩则大鸣,小叩则小鸣";莫言说,父亲咳嗽一声自己汗都不敢出。

可以说父母是最朴素的人文。"人生的短促和悲苦,大义上我全明白。"贾平凹说,"但面对父亲的死我却无法解脱。"没有什么人可以在彻夜的痛哭之后,天亮之时表演得若无其事。这是上天给我们的考验。

那天天亮的时候我最后一个从医院里走出来,门外聚集的一堆人都是我们的亲戚朋友,他们关切地向我走来,沉默不语,但是用力地搂住了我的肩,然后换来了我的泣不成声。

我是一个射手座的孩子,天生的散漫让我总是很难维持房间的干净,每一次母亲仔仔细细地整理好我的房间之后,我一回家就恢复了原样。她总是告诉我自己用完的东西要记得放回原处,这样以后就不用到处找了,可是我就是一个用完东西会随便扔的人,总是记不得。我的发卡用完就不知道去哪里了,她每一次重新买好多回来的时候我都会说:"干吗买这么多?"她就会不留情面地回答我:"都丢了难道不买吗?"可是现在的你已经没有精力再为我整理房间了,这个时候我才发现原来我不是不会整理房间,当你不能再为我做时,我已经能为你做了。

我是一个咋咋呼呼的女孩子,妹妹总是和我说:"你就不能讲话小声一点吗?"我都会不好意思地笑笑,告诉她我在其他地方绝不会这样的,只不过和家里人聊得太开心了才会放声讲话。现在的我还是一个学生,每天要在学校里上课,不能天天陪在母亲身边。当我回到家时,我会陪着母亲聊天,告诉她我最近看了什么书,书上又说了什么;我听到了什么有哲理的话也会跟她聊聊。她是一个爱看书的妈妈。如今的我聊天时依旧会放声长谈,只是少了一个人和我来去自如的对话。

当母亲淡淡地说出自己再也帮不了我们姐妹时,我赶快制止了她的这种想法。从小到大她已经帮助了我们太多,是母亲塑造了我们姐妹的人生观、价值观，她奠定了我们小时候学习的基础，这让我们在很长的一段时间里游刃有余。我说我们家庭的每一个人都是深爱着对方的，你帮助我，我也要帮助你的。你说拖累二字，这种话是决不许再说出口的，这怎么能算拖累呢，共渡难关罢了。

时光飞跑，把平地都变成了高楼，把我们变成了有担当的年轻人，把你们变成了时光里最有风韵的模样。过去的我们已成过往，在我觉得自己已经长大了的时候，发现心还没成熟；当我觉得我还没长大要再等等时却发现，心变了人就长大了。我坚信别人也会以"尝见里人称母寿"形容我们家的。

四十多年里，你说你有好几件后悔的事，嘱咐我们千万要记得。妈妈，你放心，我们向来最听你的话了，不是吗？

陪你老了

文 ♦ 云九

第十七届全国新概念作文大赛二等奖获得者

有一天晚饭的时候妈妈伸出手来给我看，她的手上起了几颗棕色的小斑点，零落地裹在有些发皱的皮肤上。她笑着感叹："你看今年竟然起了老年斑，我真是老了。"

本来是轻松的语气，可我那一刻觉得鼻腔酸涩，眼泪就在眼眶里打转，赶紧故作掩饰地拍拍她的胳膊："我还是小孩子呢，你就得年轻一辈子。"

我怕她老了。

这两年有很多人跟我抱怨过他们的妈妈，有的孩子甚至用怨恨的语气说："你不知道我有多讨厌她，整天唠唠叨叨管东管西，真想赶紧考上大学远远离开家。"

我当然会说一些劝说安慰的话，但他们从来不知道的是，我也曾经讨厌过我妈。

妈妈脾气古怪又倔强，不太喜欢和别人接触，我在读高中以前一直很怕她。

每当我在家里兴高采烈地想跟她分享一下学校的趣事时，她总是特别不耐烦地训斥我："整天就关心这些破事儿，你要是把这方面的精力放到学习上，学习还能那么差吗？"

反复几次之后我就不敢再和我妈说些什么，我们相处的时间里除了沉默还是沉默。有好几次我都一边抹眼泪一边在心里发狠，以后再也不要理她了。

我特别羡慕有个温柔妈妈的孩子，也常常偷偷抱怨，为什么我不能有那样会温柔地问我今天在学校里开不开心，和同学相处得好不好，能听我心里话分享我的快乐和伤心的妈妈。

这种状况终于在我读高中的时候发生了转变。

我的性格本来是有点孤僻、不善言谈的，到了高中之后交了一些朋友，这种性格改善了很多。我也开始渐渐思考和我妈这种冷处理的交流方式到底对不对。

其实有哪一个妈妈不是掏心掏肺地对自己孩子好的呢？

现在的孩子都在宠爱的掌心里变得越来越骄纵，别人扎你一针的痛锱铢必较，而那些好却弃如敝屣。

我小的时候被诊断出心脏有问题，那时候我妈就像天塌下来一样，背着我回家，一边走一边哭。回到家把我放在床上，我就听见她在客厅压低声音哭着给我爸打电话，反复说："怎么办啊，你说怎么办啊？"

之后很长一段时间，她一直带着我打针吃药，定期去医院复查。那个时候，电梯还远没有现在这样普及。我妈就背着我爬五楼，她弯着腰用手撑着膝盖，累得气喘吁吁，仍旧一级一级往上爬。

我说："妈你让我自己下来走一段吧。"她也不出声，依旧咬着牙，腿都有点打哆嗦,一手托着我一手撑住膝盖往上走。

每个人表达爱的方式都不一样,有的隐藏在温声细语里,有的深埋在刀光剑影中。在这个世界上,有几个人能够全心全意为你付出而不求分毫?

只有父母。

我有多怕他们老了。

或许只有到年龄大一些,也算摸到过生活的纹理才能更成熟一点。起码我慢慢地不再埋怨我妈,想改变一直以来和她很少交流总是冷战的局面。

高中的时候我终于鼓足勇气跟我妈彻底谈了谈我的想法,包括我有多希望和她分享我在学校的生活。我觉得最重要的不是学习而是过好每一步的生活。

本来我特别紧张,总觉得我妈会扯着我的耳朵大吼大叫地好好训我一番,这才是我印象中她根深蒂固的形象,蛮横又不讲理,整天只知道督促我好好学习。

谁知我妈想了很久,跟我说:"对不起。"

那天我们聊了很长时间,我妈也敞开心扉向我说了很多。从那以后她再也没有因为类似的事情训斥过我。

现在我妈知道我每一个好朋友的名字,能分清我们宿舍的每一个人。我和她无话不谈,大大小小的事情都会和她交流分享,再也没有过大的争执和矛盾。她教给了我很多道理也给了我很多勇气。

胡适先生在《我的母亲》里写道:如果我学得了一丝一毫的好脾气,如果我学得了一点点待人接物的和气,如果我能宽恕人、体谅人——我都得感谢我的慈母。

只有体会过才能明白。我到了今天,哪怕有一点值得别人称赞的地方,都得感谢我妈妈。

其实有时候你就必须得前进一步，有太多人都被"进一步"的念头绊住了脚。他们宁愿维持着自己那点可笑的自尊心或者莫名其妙的反抗心态，也拒绝去和自己的亲人多交流。

为什么要和这个世界上最爱你的人进行这场拉锯战呢？明明只有两败俱伤，并且永远都不分胜负。

那些因为小事而怨恨着自己父母的孩子，真的太傻了。

这一辈子能有多久？而那些怨恨像捉迷藏时的一块儿蒙眼布，你就这样闭着眼不听不看。可生活不是游戏，不是几分钟后就能哄闹着开始下一局。

大学之后我在家的时间少了很多，每一次回家总觉得我妈好像又老了一些。

她不再像年轻的时候那样威严得像个女王。她不会用电脑不会用智能手机。每次想要看个电视剧都要我反复帮她调，不是声音没有了就是图像没有了，她手足无措，什么都要依赖我。

她在我面前有时候甚至变得有些怯懦。

有几天我没日没夜地赶稿子，因为熬夜变得异常暴躁，头发大把大把地掉。我妈站在我卧室门口几次想说些什么，最后看着不耐烦的我都咽了回去，只是不停地给我端水，早上帮我把核桃砸好放在碗里。

因为她不懂这些，她不敢对我说"要不你别写了""别熬夜了"这种话。她就好像变成了当年的我一样，偷偷看着我的脸色却什么也不说。

她怕我晚上熬夜的时候会害怕，那几天晚上都睡在客厅的沙发上。沙发没有那么长也不够宽敞，她就盖着个床单蜷在沙发上睡，我出来倒个水喝她都会醒过来。

有一天早上我听见我妈悄悄跟我爸说："这几天觉得肩膀和腰都有点疼。"

我爸就拍着我妈肩膀说："到底是年纪大了。"

我突然有点难过，蒙着头压低了声音哭。然后听见我卧室的门轻轻响了一下，我赶紧背过身去，就听见她轻手轻脚地进来拿了个东西，随后又悄悄退出去把门关上。

"你也小点声，别耽误女儿睡觉。"

那天早上我哭了很久，我觉得妈妈她是真的老了。

她的白头发越来越多，脸上的皱纹也越来越多，原本的单眼皮松弛了下来叠在一起成了双眼皮。

她的手越来越粗糙，她开始长出一些细小的斑点。她开始觉得自己老了，什么都要和我商量，买件衣服都要等我回家帮她挑。

我大学以来用稿费给她买了几件衣服，她总是舍不得穿，挂在衣橱里，每一次看见都会说："这是我女儿给我买的。"

你看，妈妈是多么容易满足的人。她对你无微不至那么多年，仅仅是你的一点点回报，都让她觉得所谓幸福不过如此。

我妈一直对我的近视忧心忡忡，有一次她问我："你说等我死了以后能不能把眼睛换给你啊？"

我特别生气，很大声地说她："你说什么呢？"

她赶紧摆摆手笑着说："我只是这么一说。"

我眼眶泛红，强忍着才没有哭出来，心里已经泪如雨下。

她总是想把所有她力所能及的、最好的，全部都给我。

没关系，妈妈，就让我一直陪着你吧。

岁月还有那么长，虽然年复一年的时间年轮给你刻上皱纹，压弯了你的腰，抚白了你的头发，但你还有我呢。

等你老了，走不动路了，我给你当拐杖。

等你老了，眼睛花了，我就读报纸给你听。

等你老了，记性不好了，只要记住我就好了。

在以后的岁月里，你就全心全意地依赖我。我也要把那些我力所能及的、最好的，都给你。

你别害怕衰老，就让我一步步一年年像这样，陪你老。

渡口

文 ♦ 范谷

第十九届全国新概念作文大赛二等奖获得者

雾色弥漫在郊野，夜风吹在人的背上微微发冷。安静的夜空中却没有一点星光闪动，只看到被乌云遮蔽的月光。芦苇在不远处集成海洋，而我正走在通向渡口的路上。萎缩的纤草凌乱地倒在路上，北风吹起残缺的身躯拂过行人的身旁。

我的身前身后尽是未知，深色的浓雾使我看不见太远的地方。但那里仿佛在召唤我，所以我未曾彷徨。

那是个由破损木板随意搭成的渡口，淹没在无尽黑色之中，寂然得让人害怕。这个渡口潮湿的木板起着毛，散发出一股腐朽的味道，踩在上面就发出木板之间摩擦的咯吱声，让人不得不怀疑是否会随时倾塌。

那个佝偻的背影坐在岸口如同石像。我走上前："师傅，多少钱一渡？"

他回过头来，那是一张死灰色的脸，脸上有着岁月无情刻下的褶皱，他看向我的双眼异常空洞，一身衣服早已烂成布状了。他摇了摇手："年轻人，上来吧，不用给什么。"我感觉是冥冥中的指引，不得不上这船。于是我踏上船面，水面只扬起一层微弱的水圈，传到我看不见的远方。

坐在船上的我终究还是离去，离那个渡口越来越远。

我只是不言，呆坐着看着船夫的长篙一上一下，没入静静的水面，直入那漆黑的夜里。虽然篙影一直在水面浮动，但我没听到任何起水的声音，也没有任何划水的波纹。这里安静得不合乎常理，但我的内心却从未如此平静。我感觉无论这船将我驶向何方，仿佛我都该去到那里。是归宿，是终点。

我把头伸出船看向水面，却没有看到我的倒影。此水如墨，吞没了我的所有。我好像迷失了，突然没了所有存在感，没有浮动的长篙，也没有漂泊的小船。只有我孤身一人在无尽的黑暗中漂泊无依。

我把手轻轻地沉入这不流动的水里，感到彻骨的冰凉，仿佛是把手伸入寒冰之中。那是一种没有温度的冷，像丝线一样缠绕了我的神经，凉透全身。我伸回了手，带起的水珠落在水面上，却没有激起一丝涟漪。

回过头我看到船夫一直看着我，空洞的双眼显得毫无感情。他缓慢地张嘴，用他那朽木般的嗓音说道："你不该来这里。"我听不懂他是什么意思，说的好像我该去另一个地方一样。我喜欢这里，没有任何浮躁，只有平静。

"孩子，可以听我讲件事吗？"

"你说吧，我听着。"反正闲着也无所事事。

老船夫的眼神突然变得温柔，清了清嗓子慢慢地说："那是好久以前的事情了，那个时候我还能天天见到我的儿子和妻子。后来有一天，我突然不该留在他们身边了，原因有很多，可以说是被迫也可以说是注定的。"

"然后呢？"我听到他停住了，就问他。

"然后啊……"老船夫垂下了双眼把转向我的头转了回去，看着前方没有边际的水面。

"然后我就只能走啊，我可不能让他们陪我一起走。我走了很久，就到了这里。从此做一个船夫，有人来我就渡他过去，反正走掉的人是很难回去的，谁遇上那种事，都会这样。"

"如果你真的想他们，你应该回去的。"

老船夫摇了摇头："不说了，不说了，再说就说多了。喏……你到了。"

我远远看见了另一个渡口，那里有幽暗的灯光浮动在路旁。唯一的一条路笔直通往彼方。我踏上潮湿的低岸，羸弱的枯草轻轻地倚在我的脚踝。"走吧，孩子。"

我上了岸，四周都是齐腰高的灯草，无风起浪。我听到不远处人声依稀，不由加紧了脚步。那是一处小栈，简陋的竹子支撑着几块儿褪色的黑布，老朽的木桌零散地摆在那里。一位老婆子不停地给坐在位子上的人端水，我走近了，她以一种亲切的眼神看着我，像是认识我的样子。

"走累了吧，喝完水再走也不迟。"说罢递给我一个瓷碗，里面是水，青黑色的水。我看不到倒影，这应该就是刚才那块儿水面里的水吧。我下意识接过水欲喝下去，有个声音在告诉我，喝下去就好。

我的嘴唇已经触到碗边，一只充满褶皱的手却扶住了碗。

"我想等你回来再喝也不迟。"我抬起头对上一对空洞的双眼，是刚才的船夫。我不知道他什么时候来的，走路都没有声音。

老婆子疑惑地看着他，而他只是摇了摇头。

她叹了一口气，从我手中接回了水。指着喝完水的路人对我说："跟着他们走吧。"

我看着那些喝完水的人已纷纷站起身来向着另一个方向走去。我看了一眼船夫,但他只对我摆了摆手,示意我快走。

我跟在人群的最后面,那些人走得很慢,我也乐得如此……

走了很久,突然间我感到一阵风吹过,全身打了个冷战,刹那间一路上所有的风景皆化为荒芜,所有的风景都瞬间被吞噬,所有的远方都被未知的夜色覆盖。而在我的前方,传来奔流不息的水声。两条锈迹斑斑的铁索悬着一座桥,微微摆动着。看不到桥有多长,视线被浓雾横断。是它在向我招手吗?

第一个人走上了桥,一声刺耳的木板咯吱声从他的脚下摩擦出来。随后两声,三声,四声……第二个人,第三个人,第四个人……直到我也踏上,却安静得令人心寒。

除我之外所有人的脚步都伴随着声音。

走了很久,我看见最前面的人停下脚步,从桥上坠下,化成一个暗淡的光点,被汹涌的河流冲向我看不见的彼方。我来不及反应,其他人也随后而至,全部沉入虚无,坠入远方。我的情绪竟无半点波动,仿佛他们本该如此。

这是他们最好的归宿,尽管看起来他们尸骨无存。

只留我孤单地行走着,我不知道走了多久,但终究是到达了另一岸,这里和那里一样,都是荒芜。我一路向前走去,又是一阵风吹过,无数灯草凭空起舞,我回到了那条幽静的小路,又看到了那座小栈。我回来了。

老婆子和老船夫远远地望着我,我感觉到他们是在等我。等我走近之后,老婆子递给我一碗水,碗中清澈。这是一碗再平常不过的水。"喝吧,你本不该来这里。"

我接过水看了一眼船夫,这次他没有再拦我。清流入喉,与平常的水并无差异。我把碗还给老婆子,双眼显示出疑惑,她指了指船夫:"走吧,他说要送

你回去。"

"去哪儿?"我显得不知所措。而她只是笑了一下:"年轻人,去你该去的地方。走吧,再不走,新的客人就要来了。"

于是我又回到了渡口,回到了小船,也回到了无边的水面和无尽的黑暗之中。我再次看向水面,水上倒映着我疲惫的面容。我知道这是我,没什么大不了。

于是我躺在船上,任自己放松所有,突然一点光亮从水的深处升起,浮动在我的身旁。光点越来越多,我坐起身来看向船夫,突然一阵强烈的熟悉感侵袭脑海,我想说话但是发现没有声音,最终两行眼泪不争气地涌出眼眶。老船夫对我招了招手,我就被吞噬在所有光点之中。

我感到全身剧痛，眼睛没有力气睁开，只感到有光透过我的眼皮。"医生！心脏有反应了！"这是一个女人的声音，我还来不及思考，就又深深地昏了过去。

　　等我再次睁开双眼，发现我在一个病床上，旁边是我的母亲。她看到我醒了过来，先是一脸欣喜然后双眼微红流出泪水抱着我："你终于醒过来了，你要是走了就只剩下我一个人了。"是啊，我本来是个死人了。

　　可是，我那个已经走了很多年的父亲，又送我回来了。

在寻

文 ♦ 逸屾

全国新概念作文
大赛获奖者

当乌市闹区北门一带华灯四起的时分，博科大厦的大厅里便响起一阵仓促又沉重的脚步声。她借着外面的灯光，在我看到的不到20分钟的时间内，将大厅的每一块儿大理石地板，拖得发亮。

她叫章萍凤，不是地道的新疆人。据她回忆，她一家是20世纪60年代从秦岭一带辗转到新疆的。她常把这段经历挂在嘴边，还一再强调她一家人来新疆只是为了寻条活路。我原本不认识她，第一次见她，是在2016年的冬天。

她是个不速之客。

刚进公司大门，她就被保安拦下。没等保安开口，她便急忙卸下行李，但又不慎将行李蹭到保安的黑色制服，沾上一层灰白。她赶忙伸手去拍灰，边拍边嘟囔："我找你们蔡老板，我和他是老乡，一个村的,关系可好嘞!"她见那保安面善,便把嘴巴凑到保安耳根低声说。

保安一把推开了她:"滚远点!"她往后摔了个踉跄,行李砸到地上,散了一地。她毛手毛脚地拨拉着小物件,随即就地坐下抱着行李不肯松手。保安见状,拨通了蔡总的电话。

"蔡总,门口有个女人说是您亲戚,让进不?"

"你先让她等等。对了,好好招待一下。"

挂断电话后,蔡总又与我们谈了一会儿。过程中他一脸纳闷,还是忍不住打开电脑翻看监控录像。录像一出来,他的脸色瞬间黑了下来。他示意主任们离开,又单独叫我留下详谈。我偷瞄到屏幕,只见一个女人死死抱住行李坐在台阶上,不让人靠近。不知怎的,看见她畏畏缩缩的模样,我竟想起以前家门口的流浪狗来,讨食受挫后,它便后退,眼睛盯住不放又不敢向前,浑身还不

停发抖。

　　主任们都离开后,蔡总飞快地拿起电话:"你个废物,我养你吃干饭的吗?快把她打发走!"

　　本以为女人会离开,可蔡总和我的交谈还没进行到一半,电话又来了:"蔡老板,那女人硬是赖着不走,怎么办?让进不?"

　　蔡总朝垃圾桶里吐了口痰,打量打量我:"小徐,保安办不成,你去处理一下?赶走就是了!"

　　我十分纳闷:"这……不太合适吧?"

　　他又说:"有什么不合适的啊!我是你老板,老板是什么你知道吗?你得听我的。快去!"

下楼后我便发现情况并不简单。女人穿着一件老旧单薄的大红色外套,脚踩一双底子已经磨出花来的黑色条纹布鞋,骨瘦嶙峋,头发蓬乱,像祥林嫂那样木讷。她紧抱着被褥,在狂暴雪花里战战兢兢。

保安向我解释,还不忘恶狠狠地瞥她一眼。我听后无奈,只得再次拨通蔡总电话:"蔡总,她不走,还说要在公司打工,您还是下来一趟吧。"

"这个乡巴佬儿!我马上下去!"

蔡总疾步下楼走到她面前,面色慌张,眼神飞快向围观的人群瞄去,一遍扫视后,他扭过头对着保安挥手就是一巴掌:"你干什么?这么冷的天为什么不让顾客进去?"保安愣在那里不动。

随即蔡总扭转身体,面向围观的人群,嘴角微扬,脸上又露出了如常的笑容:"对不住各位,打扰到大家了。我向大家保证,博科欢迎每一位顾客,我回去一定处理这个不像话的保安。"他这一席话说得动听,像是有某种魔力,使人信服。不一会儿,围观人群便散去了,只留下蔡总在帮忙拎行李。章大姐冲着蔡总笑呵呵的,连连道谢。

蔡总名叫蔡健,是我进入公司的第一任领导,也是我进博科的介绍人。我刚来的时候,他是主任。现在他成了老总,我便顺理成章地爬到了主任的位置。蔡总比我年长十来岁,私下里让我叫他大哥。

那天我目睹了这一幕闹剧。本以为过两天就可以风平浪静,可不承想,这竟成了整个故事的开始。

第二日,保安的位置果然换成新的面孔。这次换来的保安就比较通情达理了,不论见到什么样的人,进门时都要弯腰问好。什么样的人该叫老板,什么样的人该叫先生,什么样的人该叫领导,他们一眼就能认出来,说话的口气都可以因人而异。这本领不是一天两天能学得来的,看样子蔡总这次花了不少心思。

这之后，我总是看见那女人在楼道里打扫卫生，有几次我都看见她在蔡总办公室门口张望，手不停地在门把手上摩挲，几欲推门。后来有一次，她大概是鼓起勇气走了进去，但不过5分钟便又灰头土脸地退了出来。那次过后，她再也没去找过蔡总，可也就是在那次之后，总有人在我办公室门口兜兜转转。我隔着磨砂玻璃知道来者何人，却不知来者究竟何意。

一个周末的午后，我再一次和她打起交道。她在楼道里推着除尘器呼啸而来，一见我，便迅速按下关闭键，拍了拍粗布裤子上的灰，走到我面前："徐主任，中午好啊！我听说你之前是做大记者的啊？"

她的口气让我不大自然，我往后退了两步："是的，怎么了？"

她像是意识到什么，也往后退了些距离，把那双满是污垢的手掩在身后："没啥没啥！"她的声调变高，那张脸上突兀地绽开一种童稚般的笑容。

我迟疑了一会儿，她又说："徐主任，您当记者认识的人肯定不少，我想麻烦您个事儿。"她的声音低沉下来。

接着她递给我一张用玻璃壳罩着的、略微泛黄的相片。上面有个小女孩，骑在咧嘴的假恐龙身上，脸上挂着笑容。她将手缩了回去，相片便留在我手上。

"徐主任，这是我小女儿霞霞，三岁多的时候走丢了。"

"现在有消息吗？"

"没有，二十年了。"

"那她现在也该二十多岁了吧。"

"是的，长大了呀，长大了……"

我看见她眼角泛红，双手尽力掩面，脸上的皱痕依旧在向外张扬，叶茂枝繁。

我心头一震，随即便是沉默。这沉默仿佛无声，但当中却又容纳了太多呼

天抢地与艰苦卓绝。我知道她没有放弃,也许永远不会放弃。但找到,现在看来却像是痴人说梦。

终于,还是她先开了口。

"徐主任,我没别的意思,就是想麻烦您帮我打听打听,您认识的人多。"她从口袋里掏出一沓浅绿色纸币,"这是一点心意,不多。日后一定报答您!"她说得铿锵有力,像是早有了些准备。

我伸手挡了回去:"你这是干什么?我帮你找!"

她笑了,泪水便溢了出来:"那就谢谢主任了,滴水之恩当涌泉相报!"她将钱收了回去,嘴里连连道谢。

接着她跟我谈起她的寻找路途。她家在南疆,这一路的寻找途经喀什、巴楚、阿克苏、库尔勒,终于找到了乌鲁木齐,本以为有熟人会方便些,可

还是碰了壁。她在每个城市都会去找报社媒体求助，可求来求去还是吃了闭门羹。

我默默地听她诉说，可内心还是百般纠结。毕竟是听惯了"多留心眼"这样的字句，我对她的故事还是存有疑虑。

半年的时间里她总是反复询问我结果，而我也只得应付几句。眼看着她的神色一天天黯淡下去，头发也一把一把开始脱落，我于心不忍，对她的怀疑也慢慢消退。我着手联系了以前的媒体朋友，但因这事毕竟已有二十年之久，零零散散得到些回复也是不尽如人意。当我以为这寻找要无功而返时，远在北京的小杨突然来电："可以通过央视创办的《等着我》找回失散亲人。"我让她帮忙联系，她没有推辞。

开始联系时，我便第一时间通知了章大姐。她得知消息后没有说话，只是看着我微笑片刻，然后便自顾自地忙了起来。

小杨再次来电是在三个月后了。我一接完电话就赶忙出门找章大姐，她那时正拎着水桶在楼道里打扫卫生，走起路来如履薄冰。我站在门口看了一会儿，发现她眼睛里有了光亮，头发简单地扎了一下，倒也精神。只是发梢间多了一顶红粉色的蝴蝶结，难免有些突兀。

我盯着那蝴蝶结入了神。

她见着我，连忙放下手中的活儿，用那干枯的双手理了理头顶的蝴蝶结："哎呀，前几天去小卖部买的！"她憨厚地笑着。

我挪开眼神："章大姐，有消息了。"

她听着，眼里有些东西开始涌动："在哪儿？在哪儿！"她的身体在颤抖，浑身上下都陷入一种深深的澎湃。

"没有具体消息，只是北京那边的寻人节目已经联系好了，不过，找到的可能性微乎其微……"

"哦……"

"这事到时有消息了咱们再说。"

她满脸失落，用小臂抹干眼角渗出的泪水，转移话题问道："徐主任，上次民工来公司闹的事你知道不？"

我思索片刻："知道，安排一下就过去了。"

她不罢休："唉，不对，没有那么简单！"我费解，她又追加，"我听小陈他们路过时说，这事麻烦得很，工资是发不起的了！"她向来关注工资、劳务费这些，可这次的反应却有失常态。

在这之后，我在她的头上再也没有见过那顶红粉色的蝴蝶结。她脸上的皱痕愈加密布，眼里也无光，呈现出来的只有淡淡的灰漠。这大概是我的一席话所致，可事实如此，欺瞒只能为更大的疼痛蓄力。

现在是2018年1月，我们的寻找已经持续了两年，无果。这一年的工作风不调雨不顺，寻人之事也被搁置。我憋在办公室里，已有大半年没见过章大姐。

"徐主任，最近忙吧？"章大姐放下手头的活儿，把大厅的灯打开，对我说。

我放下行李箱，停住脚步，默默点头："你忙什么呢？"

"大扫除啊，蔡总说明天有大领导来视察工作。"

"那几个大箱子里面装的什么？"我指着大厅东侧几个伫立的箱子说。

"是按摩椅，蔡总说领导走累了可以休息放松，这方面工作一定要做好！"她向来对蔡总深信不疑。

"荒唐！"我怒吼，"公司本来就欠下那么多钱，现在还有闲钱做这个？"

"哎呀，徐主任你先别生气，蔡总这样也有他的道理嘛。"她为蔡总辩解。

"你先别干了，我给他打电话！"

039

我走回办公室，缓了会儿气，拨通了电话。

"喂，小徐啊，出差回来了啊！"

"是。大厅里的按摩椅怎么回事？"我直入主题。

"哎呀，去年不是有农民工闹嘛，这样子安排一下，省事！"他说得自然。

"有闲钱做这个，拖欠农民工的工资怎么不解决？"

"那个以后再说！"

"蔡总，你不能糊涂一时啊，那可都是血汗钱啊！"

"兄弟，不是哥哥不还，哥哥也是身不由己啊！你怎么不懂变通呢？"

"道不同不相为谋。"我答道。

"行行行，不说了，你好自为之吧！"

2018年9月，不出我所料，公司最后还是迫于压力与外债，倒闭了。蔡总逃离了乌市，说是要出国，最后落了个不明下落。蔡总搬来的"救兵"也在事发后连带下马。章大姐在一瞬间变得异常苍老，她的血汗、她的信任以及她所期待的那份微薄的工资，都付诸东流。

倒闭后的几个月，我一直在协助公安机关展开调查，忙得不可开交，竟把章大姐这事给忘了。章大姐先前一直住在公司的储物室里，事发后她必然无处可去。

我苦苦寻找，几经波折，终于在城郊废弃的啤酒厂找到了她。啤酒厂已经荒废多年，厂房里积着一层厚实灰土。我发现她时，她已奄奄一息。身旁是零散的玻璃碎片，她手腕下垂，鲜血滴滴答答地落在灰土上。

去医院的路上车水马龙，我坐在她身旁，看着她紧闭的双眼，近乎声嘶力竭地呼唤。

五个小时的抢救过后，她脱离了生命危险。我隔着病房的玻璃，看着躺在床上的章大姐，反复揣测着她自杀的缘由。她或许放弃了？我想一定不会。

她醒来是在四天后的清晨。她费力地坐起身来，双手在空中不停地摸索，寻到我时便用那双粗糙的手牢牢地抓住我："小徐，你就让大姐痛痛快快地离开行吗？"她带着哭腔。

"你走了谁去找你女儿？"我拽紧她的手，让她平静下来。

她沉默一会儿，又说："大姐我快看不见了。"

我心头一震："怎么回事？"

她说是儿时的病根没有铲除，这么多年一直没发病，可没料到在这个节骨眼上竟复发了……

她的声音戛然而止。

她说，她一开始就不抱多大希望，而失明对她来说就是死亡，她害怕就算找到了，女儿也不会认她这个瞎子，她想自己做个了断。她苦苦央求我，如果有一天能见到她女儿，要告诉她，她妈妈一直在寻找她。

我没有答应，因为我知道一旦答应了，她也就失去了活下去的念头。我明白她现在正处于有光与无光间的炼狱，这一段经历是煎熬的。但这一关只能她自己来过，外人无法左右。我不敢过多地说什么，因为我也不敢保证最后的结果是好是坏，只能劝她好好活，为了自己，也为了女儿。

她沉默许久。

终于，有电话打进来，是小杨。她示意我打开免提，我照做。

"喂，向前，有线索啦！开心不？但是需要亲人来节目组提供信息，剩下的就交给我们。"

我没有回答，只是看着她急躁地扯弄着被套，指甲在被褥间磨出了声音。

"喂喂？你们……还找吗？"

我看向她，看见她那干裂的嘴角渗出血来。没等她开口，我答："找！必须找！一定要找！"

她抬起头，眼泪瞬间就下来了。

那天过后她给我讲了很多，讲到了她的前半辈子，讲到了她的女儿、她那绝情的丈夫，还有蔡健。原来，两年前的冬天她是被丈夫赶出家的，出门时她亲眼看着大儿子无动于衷。那一刻，她才明白下半辈子要做什么：她要找回她的女儿，找回她那个二十年前被丈夫亲手抛弃的女儿。

蔡健是她同村的邻居，小时候和她的大儿子关系甚好，两家也经常串门。蔡健儿时有一次生病，父母外出，也是章大姐帮忙照料送去卫生院，才得以治好。后来蔡健出来闯荡,开了大公司,被公认为村里最有出息的娃子。她来乌市本想靠着蔡健这个年轻有为的小伙子,先扎根,再找女儿。可不承想,却物是人非了。

送她去火车站的那天下着细雨。我一大早来到给她租的房子楼下,便看见她头顶一对蝴蝶结,正在楼下拾掇她的高跟鞋。她把鞋子擦得发亮,划破之处也用颜料上了色。一见我来她便笑呵呵地说:"不好意思小徐,久等了。我要去见我女儿,自然要穿得体面些!"她笑得真切。

火车站,人群熙攘,她似是头一次见这般热闹,东张西望。先前买票时她只让我订了一张,说是不愿再麻烦我。我们穿过人群,在月台上停留了一刻钟后,便等来了车。她霍地钻进火车,浑身抖擞。

雨停了,火车动了。我看见她出现在车窗里的面孔渐变模糊,我看见绿皮火车上的锈迹被风拭去,我看见戈壁边缘一轮明日正慢慢升起……一切都在变好。于是我走下月台,手里紧攥着一张通往北京的车票……

Part 2

闪烁

阿吞
美丽世界的孤儿
饼干情书
闪烁
时间长河

阿吞

文 ♦ 陌桦

第十八届全国新概念作文大赛二等奖获得者

夜已深了，天空在没有星光的前提下显得更加昏沉。从地上抬头远望时只能看见阴沉沉的天空中一轮弯月泛着淡光。晚风骤起，风像是接收到了某种指令，将乌云像弯月推去。很快，淡光从眼前消失，只留下天空上一望无际的暗。

又到了阿吞现身觅食的时间了。昏沉的夜里出现了更暗的雾气，雾气先是散落在街道两旁的草地之上，然后再慢慢凝聚，凝聚成了一个四四方方却有手有脚，有着和人类相同五官的如同罐装可乐大小的"类人"生物。这便是阿吞。

阿吞慵懒地张开了嘴，伸出了和它身体同样昏暗的右手摸了摸自己的肚子。露出了一抹笑容。

"终于又能现身了，上次出现都是好几个月前了。照这么下去不知道还有多久才能成为真正的食梦兽,看来今夜我要再加快些速度了,不然等月光重新出现我就又得消失了。"

阿吞望向四周,一扇又一扇的门嵌入他的眼帘。阿吞便随意挑选了一扇紧紧关闭着的门,阿吞走了过去,走到门前的时候阿吞微微停顿了一下便加快速度穿了过去。在穿过去的一刹那没有发出任何轻微的响声,只是让门前两边的杂草微微地摇晃了几秒。

阿吞径直走到房主人的卧室,看到的是一个熟睡的男子,阿吞从地上敏捷地跳到了男人的床上,双眼直视着男人,没多久脸上便出现了一个丧气的表情。嘴里嘟囔着:"这人怎么不做梦啊。"

阿吞走出了房间,走出了大门。走到了另一户人家里,刚一进去的阿吞便看到房主人睡在床上眉头紧锁,分明是做了噩梦的样子,便骂了一句"晦气晦气"然后头也不回地离开了这间房子。

阿吞不能吞食噩梦,一旦吞噬不仅得不到营养反而会受到伤害。

阿吞连续"拜访"了几户人家,却都是一脸失望地走了出来。直到他进了这条街的最后一户。此时的乌云正慢慢地朝四周散去,之前推着它走的风像是吃饱了的食客,拍拍肚子离开了饭店只留下了满桌的空盘。

月光快要重新现身在乌黑的夜空,阿吞的时间快要到了。

阿吞知道时间不多了,不再慢吞吞地走到熟睡人的身旁,而是悬浮在空中以极快的速度飞过去。

在阿吞面前熟睡着的是个约七岁的孩子,阿吞见到他的第一眼就笑了。因为阿吞知道这孩子在做梦,并且是美梦。因为孩子脸上的幸福微笑。

阿吞张开了他那张仅有瓶盖一般并不算大的嘴。一阵金色的雾气从熟睡着的孩子的头顶溢出接而规律地飘进了阿吞的嘴里。

阿吞拍了拍肚子,十分满意地打了个嗝之后便闭上了双眼回味这个刚吃下的美梦。与此同时,孩子脸上的微笑消失不见,取而代之的是一种难过的表情，嘴唇张了一张却又合了起来。看样子孩子说的应该是"不要"。

三双碗筷，三菜一汤。桌前总共坐了三个人，一男一女中间坐着一个孩子。气氛异常温馨。

女人时不时夹着菜给孩子，嘴里说："多多，你在长身体，要多吃点才好！"而孩子也满脸笑容地接过女人夹的菜，男人盯着眼前的母子始终保持着微笑。一家人就这样围在桌前和和睦睦地吃着晚饭。

梦到这里就结束了，阿吞睁开了眼睛，心里疑惑地说："这也是美梦吗？"

此时的阿吞将目光重新落到了孩子的脸上，孩子的痛苦神情勾起了阿吞的好奇心。它想知道这孩子做的噩梦是怎么样的。于是阿吞活动了一下手脚便钻进了孩子的耳朵，它是要窥梦。

"滚！这个家有你没我，有我没你！"还是之前的女人。和前一个梦里的温柔不同，现在的女人头发散乱，疯狂地把桌上的碗筷全部推到了地上。碗筷由于从桌面摔倒地面，发出了清脆的声响。

"滚就滚，不要以为离开了你我就过不下去了一样，我只有一个条件。把孩子给我。"男人面有一丝歉疚地看着女人，张了几次嘴最终却吐出了这样的一句话。

"孩子是我生的，我死都不会给你的。你死心吧。"女人平静了下来，死死地盯着眼前西装革履的男人。

"你好好想想，多多跟你你能给他什么？这些年你没有工作还不是靠我养着你和多多。没了我你和多多能吃什么能穿什么？放心，孩子跟了我之后我不会忘了你，每个月的生活费我照样会给你的。"男人看着女人平静的脸上出现了一丝愠意。冷冷地吐出了这句话。

女人低下了头，散落的头发飘在眼前。地板上顿时有几滴水珠低落，渐渐地在木质地板上晕开。女人用尽了全身的力气喊道：

"我不要你的臭钱，多多归你。你赶紧给我滚！"

男人听到这句话后如释重负地吐了一口气，默默地说了一句对不起便离开了房子。

多多整个人蜷缩在墙角，听着女人的哭声和男人离去的关门声不知所措。他只知道自己仿佛从此刻开始失去了什么。眼泪不住地往下掉。

多多真的不知道怎么会这样。一个月前家里还是那么的温馨，一家人还是那么的和睦。为什么自从那个长相妖艳的阿姨来到家里和妈妈说了几句话后妈妈愤怒地把那位阿姨赶了出去，之后母亲会拉着自己的手到爸爸所在的工作单位和爸爸大吵大闹。当时爸爸的同事都盯着爸爸和妈妈还有自己在看。那些目光有同情有嘲讽。多多只看了一眼就害怕地把头低了下去。只剩下耳边的争执声和不时的劝解声。在此之后爸爸再也没有回过家。除了今天。

多多抬起了头，女人正一边哭着一边收拾地上残破的瓷碗和散落的木筷。可能是泪水模糊了双眼，女人一不小心便被残破的瓷碗划破了手。流出的鲜血在破碎的瓷碗上舞蹈，仿佛是在嘲笑女人的无能。

多多连忙跑到了卧室取出来一个创可贴然后再次跑到女人面前，泪水和鼻涕都来不及擦，用稚嫩的童音对女人说："妈妈快贴上去吧，我来帮你收拾吧。妈妈你放心，我不会离开你的，我哪儿也不去，我就在这儿。"

女人在听到多多的话后泪水愈加汹涌，也不顾去接什么创可贴。一把抱住了面前的多多，声音哽咽："多多放心，妈妈不会让你离开我的，一定不会。"

最终多多还是和父亲住到了一起。

离别的那天，女人在门前哭得泣不成声，看着一辆黑色丰田轿车从眼前飞驰而过，卷起一地的尘埃。那辆轿车里有她最爱的儿子和曾经深爱的人。

多多和父亲住到了一起，和他们住在一起的还有之前多多所见到的那个妖艳女人。多多父亲对多多还是和之前一样的好，妖艳女人对多多也不是很差。

但在多多眼里，这女人要多做作就有多做作。如果不是她，爸爸和妈妈就不会像现在这样。多多这样告诉自己。

"我恨你。"

多多的梦语打断了阿吞的窥梦，阿吞从孩子的耳朵里爬了出来。看着面色痛苦的多多，阿吞的脸上也流露出了同情的目光。继而阿吞的脸色变得纠结起来，像是做了一番挣扎之后，阿吞吐出了之前吃下去的那个金色的梦，再一次张开了嘴对着多多。一股黑色雾气被吸进了阿吞的嘴里。阿吞的表情微微有些扭曲。整个身子也仿佛变得更小了一些。阿吞看了看手上的金色雾气，目光里透露着不舍。却在下一刻毅然地放到了多多的头上。

风仿佛是记起了什么，像是吃饱的食客离开了饭店发现没有付费于是重新折回寻到了乌云。乌云被慢慢吹散，皎洁的月光重新降临大地。阿吞背对孩子，身体开始慢慢消散。

当最后一缕乌云离开弯月表面的时候，阿吞也完全地消失了。

之前的金色雾气在触碰到孩子额头的时候像是失散多年的兄弟，金色迅速融入了孩子的额头，孩子脸上的笑容也被重新挂起。

美丽世界的孤儿

文 ♦ 青平少侠

第十九届全国新概念作文大赛一等奖获得者

"菠萝,是你吗?"

"哥,是我啊,我又能听见你说话了。"

"真的吗?"

"嗯,真的。"

菠萝的哭声是在一个午夜传来的,那哭声已经有些哑了,颤抖着像是即将喷涌出血丝。我从地上爬了起来,出了屋子,看着她坐在地上哭着,满面都沾满着泪水,在新换的白炽灯的照耀下,反射着光芒。

大勇和二勇坐在椅子上抽着一根烟,瓜子皮散落满地。虽然跟着他俩已经有段时间了,但是他们在用方言交谈的时候我依旧听不明白他们在说些什么,我能见到的只有他俩扭曲的表情以及无耻的笑。

　　大勇呵了我一声让我回屋睡觉，我不敢多问，探回头往屋子里走。过了一阵，大勇又把我叫了出来，让我领着菠萝回了房间，那时候她的哭声已经停止，但是哭的神情依然保留，咧着嘴的样子让人心疼。

　　我这几年只学会乞讨没有学会安慰人，也不敢开口与她说话，我怕我这陌生的口音和一身脏兮兮的样子会让她恐惧。那个时候我也不过十二岁，好在异于常人的处境逼得我比任何一位同龄的孩子都要成熟和多虑。

　　那个夜晚，菠萝躺在我的身边，呼吸渐渐地平缓，最后无声无息地睡着了。

　　第二天，菠萝就随着我们上街了。大勇二勇什么都没有教她，让她直接跟着这帮孩子里面"出类拔萃"的我。我们在闹市区的街口，她一脸无知地坐在地上，对过往的每一个行人都抱以渴望与乞求的目光。

　　当第一个硬币落在我们碗里的时候，菠萝似乎明白了些什么，刹那间眼泪随着哭喊流出，起身就跑，朝着人群而去，边跑还边喊叫着。守在不远处的二勇一把抓住菠萝拖进旁边的小树林，啪啪就是俩巴掌，她被扼住脖子强制着停止了呼喊。

　　那天的乞讨潦草收场，回到简陋的居住所里，大勇和二勇竟然合计着打断菠萝的腿，一是为了防止菠萝再次逃跑，二是为了更能博得路人的同情心。这次又是我站了出来，可怜兮兮地跪在大勇脚下，苦苦哀求，立下保证说菠萝以后跟着我，不会再出现逃跑的情况。听完这些他俩才把残忍的念头抛在脑后。

　　那一晚，菠萝睡在我身边，脸上的泪痕触目惊心，她主动蜷缩在我怀里，像一只受伤的小猫。

　　"你叫什么？"我问着她。

　　她没有说话。

"你别害怕,我一定会把你送回到你妈妈身边的。"我的口气很像一位即将要拯救世界的英雄。

我的身体感觉得到她在点头,虽然她还是没有说话,但是仿佛听得到她的感激与信任。

从那天开始到以后很长的一段时间里,菠萝除了哭喊再也没发出任何声音,我甚至一度以为她存在语言障碍。也是从那天开始,我萌生了带着我怀里这只恐惧的小猫出逃的计划。

这个计划持续了一年多,这段漫长的日子里我处处为菠萝挡刀,她对我的依赖越来越重。被囚禁的日子里难免会受到一些皮肉之苦,菠萝还是没完没了地哭,我安慰的伎俩越来越匮乏。

一拖再拖的逃离计划终于看到曙光。那时候大勇二勇犯事,被迫要把我们几个转卖给其他同行,交货的方式很简单,买入我们的人来出租屋提人,被押进一辆白色面包车里。在车窗外,大勇数着一摞钞票叼着根烟,拍了拍那个人的肩膀示意可以走了。

那辆车是开向郊外的,途经一片少有人烟的工业区,这一路上时间有点长,那个人把车停在路边要去方便,也就趁着这个工夫,我拉开车门牵着菠萝拼命地跑了出去。车上还有三位小伙伴,两位已经麻木呆坐在车里一动不敢动,还有一位稍微年长一点的,随着我们一起跑了出去。

那个人见状立马提上了裤子开始追我们,他腿脚有点不好,走路有些不方便,也多亏了和我们一起跳下车的小伙伴,因为逃跑的路线正好是两个相反的方向,那个人只追到了他,再回头看我们的时候已经肯定追不上了。

"快走啊!"那个小伙伴在后面大声喊道,然后伴随着他的一声哀号,我回头去看,一块儿手掌大的石头砸在了他的头上。

那个人把他拖进车里自己也上了车，白晃晃的车灯照向我们。菠萝害怕到边跑边哭，一不小心就摔倒在地，我双臂抱起她继续往前跑着。我们是明显跑不过车的，我转头跑向了马路旁边的一片小树林，车是开不进来了，那个人下车打着手电筒继续追赶我们。我抱着菠萝没命地跑着，最后躲在一间废弃的瓦房里。那个人的手电筒的光照向四周没有看到我俩的人影，他的腿脚不方便就不敢继续向前走了，然后他大骂一声离开了。

我和菠萝还是不敢出去，那一夜我们就在废弃瓦房里睡了一夜。此时已经是深秋，夜晚有些冷，菠萝紧紧地抱着我，打着哆嗦睡着了。我紧张到手心里冒汗，心跳加速跳动不能平息，一夜未睡终于盼到了天明。

"我们是逃出来了吗？"天刚刚亮，菠萝睁开睡眼，我双手搂着她，冰冷冰冷的。

"嗯。"那是这一年来，我第一次听到菠萝说话，她灰头土脸露出了一个缺了一颗门牙的笑容。叶子已经开始掉落了，那幅风景很美很美。

牵着菠萝的手沿着公路走了很久终于看到了城市的迹象，这段时间私藏了几元钱，来到一家水果摊儿前，菠萝看着琳琅满目的水果，眼睛里泛着光芒。

我说："选一样吧，买给你吃。"

菠萝不假思索地拿起了一串切好了的菠萝，我付给老板两元钱，她蹦蹦跳跳地离开了。

"那我以后就叫你菠萝了。"

她点点头把第二口菠萝递到我嘴边。

"你家在哪里？我送你回去。"菠萝的蜜水顺着我的嘴角淌下来。

"记不得了，总之那里有大海，夏天的时候爸爸总是抱着我到海边玩，海风很凉爽，石头缝里还能摸到小螃蟹呢。"

"真不记得了？"

"不记得了。"

逃出去的生活是比原来更困难的，我们没有住所也没了食物，我发誓坚决不再乞讨苟活。我们在一家电影院门口的雨棚下借宿了一晚，隔天肚子饿得直响，菠萝病怏怏地躺在地上，这时突然一个硬币从天而降，一位路人给我们施舍了一块钱，我没有本能地低一下头卑贱地说谢谢，这是我必须戒掉的习惯。我捡起硬币追上那个人把钱还给了他，我看着他不知所以的表情很满足地笑了。

如果不是电影院隔壁饼摊儿的朱姨收留我们，也许在那个时候我们就会饿死在街头了。

朱姨观察了我们一天最后伸出一双手。

"我店里缺个伙计，包你俩吃住，干得好再谈工资。"朱姨穿着一条围裙，两只沾满面粉的手搓啊搓啊也搓不干净。

"现在有东西吃吗？我妹妹饿了。"

"大饼有的是。"朱姨指了指后面的摊子。

"我干。"我扶菠萝起来，一口答应。

"孩子，跟我学个手艺将来饿不死。"朱姨递给菠萝一块儿葱油饼，她马上狼吞虎咽吃起来，吃得有点噎，朱姨给她盛来了一碗南瓜粥："凉些了，凑合喝吧。"

朱姨对我们很好，她和老伴儿守着这家饼摊儿好几年，儿子去了外地工作，家里店里都缺点生机，而我和菠萝正好填充了这点。

我在店里干得很起劲，学得也很快，当然吃得也多，个子一下子蹿了不少。朱姨把菠萝送到了幼儿园，我想我十几岁了上不上学已经无所谓了，菠萝妹妹不能不上学，这一点和朱姨的想法是一样的。

生活的确是忙了一点，却是无比快乐的，那种快乐是自从我走丢了以后第一次真正感觉到的。我每天早起出摊儿，然后看着菠萝蹦蹦跳跳地去上学，中午喝一碗朱姨熬的粥，不忙的时候坐在门口的石凳上翻着今天的报纸，从一开始字都认不全到后来连广告都看得津津有味，晚上再听菠萝给我讲今天学校里又发生了什么新奇的事情，最后笑着满足地睡着。

这样的日子安稳地过着，直到朱姨老伴儿病危住院，在外地工作的儿子匆忙赶回来，全都乱了阵脚。

朱姨老伴儿在医院躺了几天，饼摊儿也关了几天门，我每天送菠萝上学然后去医院给朱姨他们送点饭，看着医院似曾相识压抑的白色，有点胸闷，喘不上气来，仿佛坏的事情即将到来。

医院下发死亡通知书的时候，我和菠萝都在，朱姨一下子跪倒在地上失声痛哭，菠萝也跟着哭了起来，朱姨儿子背对我们呆呆地站着。

那天起，朱姨几天没有说话，店也关了几天，菠萝也不敢吵不敢闹，日子过得相当安静。

几天过后，朱姨开口说的第一句话就是："我老伴儿走了，这店我自己守不下去，手艺你也学得差不多了，我儿子不干这行，这家店在这儿十几年了，是街坊邻居的一个念想，你在我这儿干了一年多，也没给你工钱，这家店就给你了，忙的话就再雇个人，别砸了招牌，有空的话我帮你带着菠萝。"

朱姨很消沉，没听我的回答就转身离开了。

那天过后，她回了老家办丧事，我备齐货物准备干活。正值暑假，菠萝放了假留在店里给我帮忙。

我一个人忙里忙外，一连几天，菠萝也跟着我吃苦受累。由于没有顾得上她的身体，她得了感冒，我乱买了一些药给她服下也没见什么起色，心里面乱哄哄的又不巧烙饼的锅炉坏了，怎么修也修不好。想想也好，就当放一天假让菠萝好好睡一觉养养病。

我租来一辆三轮车，把锅炉牢牢拴在后面，给菠萝服下药后便开着三轮车去修锅了。由于不熟悉路来回绕了几圈，找到那家修理店的时候店已经打烊了，老板告诉我二十分钟车程的距离还有一家修锅炉的地方，那家关门晚应该能修，并且告诉我沿着高架桥在下面一直开就好了，看到一片平房就到了。

我就沿着高架桥一直开一直开，记得过了很久，直到我看到了那片树林，那间瓦房，才突然明白我骑行的这条公路就是几年前我和菠萝出逃时走的那条路。

我走错路了，不祥的预感在我心里猝不及防地爆炸，我必须得掉头回去。

我将油门踩到底，一路上匆匆忙忙不顾一切地往前冲，车子却在这时没油了。我束手无策地站在马路中间，天色已经很晚，鲜有车辆过来且都避开我行驶过去。

没办法，我推着车子走在这条曾经拉着菠萝走过的道路。

回来的时候已经很晚了，菠萝像是睡着了，只不过额头很烫很烫。我出去忙活了一阵再回屋的时候菠萝醒了，那时候已经是半夜了。

"哥，我难受。"

"起来喝点水吧，明天再不好咱就去医院。"

"哥哥你说什么？"菠萝的语气很弱，声音很小，其实我是听见了这句话的，但是没有在意，喂她喝了一杯热水给她盖好被子，我也很累就在旁边睡着了。

第二天天一亮，我叫菠萝起床，连叫了好几声，晃了她半天，菠萝迷糊地睁开眼，脸蛋与眼睛都红彤彤的，眨眼的动作她做得很慢，像是闭上眼睛之后就很难再睁开。

我感到不安，给她穿好衣服，抱起她就去了医院。

在医院两天，医生说已经退烧了，但是表情凝重。

"发烧烧坏了耳蜗，造成了听力能力的残缺，不过这种耳聋有可能只是暂时性的。"说完，医生就转身离开，菠萝睁开眼睛看着我在床头默默掉眼泪。

"哥，你说话啊，你说话啊。"

我背着菠萝回来，锅炉还是没有修好，她坐在小板凳上看着昨天的报纸，一个字一个字地读着，遇到不认识的字就空过去，读着读着就突然哭了，她的哭声我已经很久没有听到了。

"哥，我是不是听不见了？你说话啊，我是不是听不见了？"我一把把她抱住，她哭得越来越猛，直到听不见哭声，但是咧着嘴，满脸泪水，看不见眼睛。

"怨哥哥，怨哥哥。"她再也听不见我说话了。

那天起，菠萝没有再去幼儿园上学，朱姨有空就给我俩送一锅粥并教她认几个字。老伴儿走了之后，朱姨好像瞬间老了，腿脚不灵敏了，眼睛也花了，她经常把货架擦了一遍又一遍，然后安静地看着马路对面那颗年迈的梧桐树，自言自语地说些什么，一说就是很久。

菠萝起得比我还早，是她摇醒了还在睡梦中的我。我很吃力地倒出几斤面粉然后倒上水蹑手蹑脚地和起面来。

我拉起卷帘门摆出货架准备出摊儿，那是一个连下几天雨后终于放晴的早晨，一场秋雨一场寒，天气冷了不少，还没来得及给菠萝置办两件厚一点的衣裳，看她在晚秋的风里微微打了个冷战。

那天饼炉莫名其妙地又坏了，能感觉到似乎又有不好的事情要发生。我手忙脚乱地怎么也修不好，菠萝在外面把架子擦了一遍又一遍，锅里热着昨晚剩下的粥快要沸腾了。

菠萝的父母就是那个时候突然出现了。

我在店里面听见有人喊"爸爸妈妈"也没在意,可隔了一会儿察觉到那是菠萝的声音,我放下手中的活儿急忙大迈两步到门外。

菠萝的母亲穿着一件黑色的风衣戴着彩色的纱巾,看上去很消瘦,她的父亲站在后面摘掉眼镜擦拭着泪水。菠萝紧紧抱住她的母亲,大哭大叫着,后面还跟了两个民警。

她的母亲似乎有很多话要对菠萝说,嘴里一直念叨个不停,可菠萝擦着眼泪直摇着头。

"她的听力出现了问题。"后面的民警说。

她的母亲"哗"的一声跪在地上依旧紧紧抱着菠萝。

"妈妈对不住你啊!"她号啕着,引起很多路人的围观。我感觉自己站在那里有点多余和尴尬,于是我转身往店里走。

"哥哥!哥哥!"菠萝叫着我,跑向我。

我们一起吃了顿中午饭,挑了附近一家很高档的餐厅。从见面后的所有时间,菠萝母亲的手一直紧紧攥着菠萝的手,始终没有再放开。席间,她的爸爸妈妈一口一口地给她喂菜,她看起来有点不习惯,盯着一桌子的大鱼大肉闭着嘴发着呆。

"孩子,你家是哪里的?怎么不回家?"她的父亲问我。

"我是个孤儿,那家饼摊儿就是我的家。"我坐在那里干吃着一碗白米饭。

"来,孩子,夹点菜吃。"他将一大片油菜夹到了我的碗里。

我一口吃掉,眼泪就开始往下掉。

"你们是不是得带菠萝走?"我抬起头,眼光凶凶的,突然发现和菠萝的亲生父母抢人没什么胜算,一阵无力后就服了软,眼神变成了哀求。

"等她长大了,就让她回来看你。"她的父亲把筷子往桌子上一放,直接跳过了这个问题给出了后来的承诺。

"她爱吃菠萝,记得多给她买一点吃。"我把饭碗举得很高几乎遮住了脸,快速扒着半碗米饭。菠萝还是看到我哭了,从座位上下来,拉了拉我的胳膊,又紧紧抱住我。

"哥哥,我会回来看你的。"

没做多少停留,也没什么行李好收拾,她们在当天夜里就启程回家了。

走之前,菠萝父亲给我留了一沓钱,挺厚一沓,我没法估计钱的数量。

"谢谢你了小伙子,我们会给她最好的生活让她忘记这段童年的,这钱你拿着吧。"

我没有拿硬生生地塞了回去,没有和他理论什么是最好的生活和为什么要忘了这段童年忘了我,嘴角露出很不熟悉的微笑然后说:"叔叔,这些钱你留给她买菠萝吃吧。"

"我的意思是,你也忘了她吧,也别去找她,这段经历或许是她人生最大的污点。"

菠萝摇下车窗,扒着窗户伸出头来看我,她没有喊我,只是安静地看着,

062

就像她第一晚睡着时一样安静。

她的母亲在旁边将她的头搂了回去并摇上了窗户。

那辆车就开远了。

菠萝走后,我自己一个人守着饼摊儿没了生机,偶有几个熟人问我那个小妮子哪里去了,我苦笑着闭口不提。突然落单的生活变得越来越压抑,失去了生活的动力,也没人陪我说话,索性把饼摊儿关了几天门,躲在里面睡觉。

菠萝走后差不多一个礼拜的时间,电话突然响了,陌生城市陌生的号码,接起电话之前我就有预感这一定是菠萝打来的,所以在手机还没来得及放到耳边的时候便迫不及待地问出那句话:

"菠萝,是你吗?"

"哥,是我啊,我又能听见你说话了。"

"真的吗?"

"嗯,真的。"

第二天天亮,我去朱姨那里要了一碗粥喝,喝完一阵饱腹感,仿佛听见了大海的声音。

饼干情书

文 ♦ 柳敏

第十六届全国新概念作文大赛一等奖获得者

饼干村下了一场牛奶雨。还没等人们清理完院子中的牛奶,太阳已在晴空向大家打着千万年不变的招呼。骤然回升的气温烘干了地上的牛奶,整个村子中飘着一股淡淡的奶香味。

芊芊喜欢这样的天气,每一次的雨过天晴都让她兴奋。牛奶的香醇、果汁的清新、巧克力的陶醉……每一场雨都带来不同的期待。她喜欢在这样的天气里工作。在这个小小的仅有几十户人家的村子里,芊芊是唯一的邮递员,而她又是整个饼干村唯一一个不会做饼干的人。

饼干村是一个安静的村子,村民们唯一的信仰便是做出最好吃的饼干。他们不善言谈,除了简单的对话交流,便用交换饼干来相互沟通。他们把语言做进饼干,把文字做成一种味道,每一份饼干都是

一封写好的信。芊芊的工作就是把信送到它该去的地方。

这份工作没有休假期,因为"交流"是不分工作与假期的。从清晨开始,芊芊就骑着自行车在村子里绕圈子,每户人家的门前都要经过一次。她把他们已经包好放在篮子里的饼干一份一份收好。通常,每户都会有两份饼干,上面都做好了标记:一份给收件人,另一份是芊芊的酬劳。芊芊送完信后,会到村后的湖边休息,拿出她的饼干慢慢品尝。这都是些做坏掉的饼干,如同我们写坏的信。本来可以全部扔掉的,本来她可以收到更好的酬劳的,可她只要这个。芊芊慢慢嚼着,饼干里有许许多多的话戛然而止,欲说还休。她猜测着,他们到底想说什么呢。也有一些让人捧腹大笑的信、闲言碎语的信、家长里短的信……它们构成了芊芊小小的快乐。累点儿算什么呢,有这些饼干就很开心

了啊!

可是芊芊的妈妈想让她学做饼干。她对芊芊说:"一个女孩子成天在外面跑来跑去太不像样子了,安分一点吧。"但芊芊觉得,骑自行车给大家送去一份份期待是多么拉风多么美妙的事啊!妈妈说了她几次,也不再强求,只是在看着她轻盈欢快地跑进跑出时,悄悄地叹一口气。我的芊芊啊,你什么时候才会长大呢?

有天，芊芊的酬劳是一份口味很怪的饼干：零零碎碎却又缠缠绵绵，像青色的果子一般酸，却又在酸味中渗出甘甜；有些琐碎，又一如既往地戛然而止。芊芊想知道下一句是什么，但她嚼到这里没有了下文。好奇心驱使她关注关于这封信的一切，但她心中有些忐忑：这样做，应该不算违背职业道德吧。

穿水蓝色长裙的短发姐姐和系着橘色围裙的高个子哥哥，芊芊想探寻的信件，是属于他们两个的。每当收到他们的酬劳，芊芊总是很认真地品尝那饼干里的味道。随着日子一天天过去，他们之间的信件越来越频繁，但芊芊收到的"坏饼干"越来越少，最后直接没有了。取而代之，她总是收到一些味道普通的饼干。虽然分量很足，但她并不是很喜欢。

有次，芊芊鼓起勇气向那个系橘色围裙的哥哥索要做坏掉的饼干。他停下手中的活儿，抬起头，用些许讶异的表情看着她。芊芊发现，他的脸像被牛奶泡过似的，以至两颊泛起的红晕是如此的明显。是草莓酸奶味道的吗？芊芊有些陶醉。

"给我一点做坏掉的饼干就好。"芊芊声音很小。

他拍打了几下围裙，在柜子前低下身去找着什么，散散的面粉在他身边抱成一团云朵。在芊芊眼里，他瞬间成了神秘的代名词。

然而，芊芊索取到的饼干，不是她想要的味道。

芊芊是铁了心地要尝到"真正的味道"，她猜不到的下文还藏在那里呢！她犹豫了几天，决定即便是用胡搅蛮缠的办法，也要从橘围裙哥哥那里讨出她想要的饼干。

"这份饼干真的只做了一次就做好了吗？"芊芊直直地盯着橘围裙哥哥。

"用心做的饼干只做一遍就可以了。"他的回答很轻但是很利落。

"你是说，我每天送的这些饼干都不是用心做的咯！"芊芊的话如同细针，见哪儿有缝便往哪儿插。

"嗯……也不是这个意思……"他有些犹豫,在脑袋里搜索着语言。或许,换成做饼干他会表达得比较顺利。

"我只想要你做坏掉的饼干,这是你应该付给我的酬劳。"芊芊说得很坚定,好像橘围裙哥哥真欠她什么似的。

他沉默了一会儿,空气中的面粉小颗粒在阳光中柔柔地飘浮着,他们在尽最大的努力去冲破这种不和谐的气氛。"过些天好吗?我还要问一下她。"

"短头发姐姐?"

"嗯。"

管他要问谁啊,芊芊在乎的只有那些饼干的下文,过些天就可以知道了呢。她的心里瞬间绽放了大大的笑脸,脸上却又故作严肃的生气状:"好,说话算数!否则,我再也不会给你送信了。"

她朝他挤了一个奇怪的笑脸,骑上自行车像鸟一样"飞翔"离去。我还有脚吗?我还在地面上吗?我是不是已经飞起来了?芊芊一边在心里打着问号,一边按着车把旁的铃铛。真奇怪,路边什么都没有,我按铃铛干什么呢?饼干村听不见她心中的问号,只有几声铃响装点着这个欢快的时刻。

如果我会做饼干,是不是就可以天天尝到自己想要的味道了?芊芊去问妈妈,但妈妈也不清楚她到底是什么意思。"芊芊,你是想学做饼干吗?"芊芊想,就算是吧,她点点头。

芊芊让妈妈给她做了个橘色的围裙。妈妈说,这个颜色不适合她。但芊芊才不管这么多呢,做出那种特别味道的饼干一定要系橘色的围裙!

饼干村和平时没什么两样,依然安静,依然在雨过天晴时有一种让人留恋的味道。可是,真的没什么两样吗?不会做饼干的芊芊也做起了饼干,现在的饼干村人人都会做饼干了。

不送信的时候,芊芊就在厨房烤饼干。她看见自己的橘色围裙,心里就像抹上奶油一样开心。转而想到那个穿水蓝色长裙的短发姐姐,她忽地如同尝到坏味道的饼干一样难过失落。她想不通这是为什么。想不通时,她就拍打自己围裙上的面粉,看它们在自己面前拥抱成云朵。

穿水蓝色长裙的姐姐笑起来像刚出炉的饼干,那么甜那么香,让芊芊羡慕不已。在她面前,芊芊总感到无地自容,甚至连话都不好意思多说一句,生怕因为自己而让这美妙的点心受一点点伤损。芊芊和平常一样把她的信给橘色围裙哥哥送去。没有人会知道,她正模仿着他们制作自己的饼干。

橘围裙哥哥说过,会给她一些她一直想要的饼干。他把这些饼干包好,比芊芊收到的任何一份饼干都要多。

"这里面有两份,其中一份是说过要给你的,都是过去的饼干,可能坏掉

了吧。另一份是我特地给你做的。"

"为什么?"芊芊惊喜而迷惑。

"算是感谢你为我们送了这么长时间的信吧,以后大概再也不需要了。"

"为什么?"芊芊仍然不解,欢喜的心也随之四散,还险些掉下眼泪。

"我和她要住在一起了,以后会天天在一起了。"

芊芊四散的欢喜彻底迷了路,任她拼命地喊,却怎么都看不见它的踪影。

橘围裙哥哥安慰道:"以后你还可以来找我们玩啊,我们还住在饼干村,还要在这里做好多好多饼干呢。"

芊芊道了别,抱着那一大包饼干离开了。她没有告诉他,她也给他做了一份饼干。她原本想,如果他不想把那些做坏的饼干给她,她就让他尝尝看,她做的这份饼干和他们的那些是不是同样的味道。其实,芊芊更想让他尝出味道之外的东西。

她骑着自行车来到湖边,拆开那包饼干品尝。软绵绵的甜蜜和可可的微苦在味蕾上书写长长的心情,比起芊芊希望的那种味道更加丰富了。一块又一块,即便有那么多的味道,那份最基础的香甜总是少不了的。她扔掉了自己的酸饼干,细细尝着这份道别礼物。饼干那么甜,脸上为什么会有泪呢?

听说饼干村最近还会下一场雨,可能是橙汁雨。芊芊躺在湖边的草地上,望着清澈的蓝天,心里有一片蔚蓝。下雨很好啊,又会有一种期待的味道在村子里逗留了。

闪烁

文 ♦ 吴子阳

第二十一届全国新概念作文大赛一等奖获得者

绿玻璃里车影流过,像带鱼一般。冬季最后一个晴天荒凉落幕。

泛白的墙壁上长着一块又一块令人作呕的绿苔,像是一张脸上结的异块,看起来异常恶心。而更触目惊心的是画扇所说的明天就会下雪这件事。听说尽管是在湖边,天气的变化也飞快无比,夏天与冬天的转换往往只在一瞬。

这让刚开始客居湖边的人很不适应,正如当年的我一样。自从认识了画扇之后,她遇到我都会给我带来准确的预报。

"为什么天气变得这样快呢?"

"因为湖神并不喜欢拖沓嘛。"

"湖神?是这样吗?我怎么从来没听过这里有祭神的节日。"

"因为湖神并不需要虚假的祷告。"

"只要是信神的人,不管怎么样都曾祈祷过一次吧?哪怕只有一次呢。"

画扇那只系有红绳的右手轻轻拍在凹凸起伏的墙壁上,把头侧过来说:"怎么可能,神就只能用来祷告吗?信不信由你,神就是神,在就是在,她是像一棵桂树、一条大溪鱼、一个小姑娘一样存在,而不是一种武器或一张彩票。"

"唔……"

"说得对吗,作家先生?"

诶?连画扇都开始叫我作家先生了。

这条通向港口的路停满了雨季的昆虫,郁郁葱葱的常绿植物如翅膀一般,在风里大开大合,有几条野狗在叶缝里奔跑,间或有它们的吼叫,慢慢地它们

就如梦一般不见了。

"你听谁这么叫我的？"

"旅店的婆婆嘛，你不知道她也是我们的房东吗？"

"她怎么说？"

"学识渊博、风度翩翩……"画扇说到这里还是忍不住笑了出来。

"她说她的丈夫……"

"就是作家嘛。"

旅店的婆婆原本就是个老师。她的丈夫是当地作协的会员，被抓起来批斗后，元气大伤，生大病去世了。那时候婆婆的生活很艰难。直到被平反以后，有好心人捐款，才让婆婆能经营湖边的几家小旅店。

要说旅店，湖边一排都是这种有绝美景致的店家，或许是因为婆婆更闲一点，把店拾掇得像一座小植物园，一到春天，爬墙的花蔓会扣住门把手，让人简直找不到开门的方法。

这家旅店长期客满，因为这种治愈的感觉，客居的人大多停留很长时间。比如说我，我习惯在雪下之前匆忙赶来，看这里的人也匆忙地打扫屋子，召开盛大的活动，抓紧花光年末最后的日子。可以说这是一片无忧无虑的乐土了。

我是今年才被婆婆认识的，婆婆亲自叫我早起，告诉我西边湖里有小孩子在围着看天鹅，并继续说见过我很多次了，还是在如此特殊的时期。

于是我就自然而然地自我介绍了。

"当然嘛，喜欢雪就应该来这里。我叫秦亦然，您之前说的那位像我的人应该是我的大哥，哈哈，应该说是我像他比较对，不过真感谢您把雪与我联系在了一起。"

婆婆乐着从腹前的口袋里取出一朵花，那应该是一朵假花，用来粘在胸前做装饰的，就像是英国女王嘉奖成功人士的勋章一般。

"不是你大哥哦，不是呢。"婆婆竟自顾自喃喃起来，到最后哼了起来。

她把这朵花显眼地贴在薄衬衫的胸口那里，鲜艳的对比，一下子把这朵花的样貌立体地托了起来。那是一朵大红的月季。

我感谢了她，并看着她打点了一遍我屋子里的物品。她看着我带来的《陶庵梦忆》，还细细地说上了一遍，说自己丈夫生前也总是带着。

她一转身下去了，我对着镜子抹了几下头发，才干脆地出门。在外面的生活比在家里惬意，大家庭里人人都有矛盾，出口都饱含忌讳，只有在陌生的地方，一切话语都还保留着原来的样子。

我从旋转角度很大的老式木梯上下来，竹帘子一卷，台上放了一盆不知名的紫色香花，婆婆在吧台里远远地望过来。

我点头向她示意，她忽然吃了一惊，从吧台的一侧小跑过来，步伐轻快，像一个飞速旋转的陀螺一般。

"把这个插在口袋里。"

"什么？"

只见她手里赫然多了一支圆滑光亮的钢笔，笔盖与笔身死死地卡在一起，粗粗地一看像一根小铁棍。

她把钢笔小心翼翼地塞进我的胸前口袋，笔帽边银亮的铁片在橙黄色灯光里折成好几道光晕。这难道不是记者一样的装扮吗？其实我对记者也不甚了解，那么这样的装扮到底像什么呢？

婆婆匆忙把人们都叫过来，像宣布今天是自己生日一般，宣布我的新模样。

"这模样，不就是安公当年的样子嘛！"

安公大概就是婆婆的丈夫，要不然一群人不会都一头雾水地看着我，直到婆婆再三解释，才有人在人群里赞誉道："宛如一个作家先生嘛！"那是一位留着翘胡子的中年大叔，面容亲切。

从此之后，旅舍的婆婆便带头叫我作家先生，假期来这里打工的女大学生也饶有兴趣地叫我。这些女生都格外勤奋，每年看到的都是固定的几个女孩子。婆婆的宣传起到了很有力的效果，自从听见鱼钩店的老板都这么叫我，我才知道我已经成了镇上的名人。

可是知道了这个身份背后啼笑皆非的真相，便使得我很尴尬。"作家先生"是花甲之年的老婆婆的亡夫，而我才只是一个刚刚接近三十岁的人。

我听见别人这般叫我还是会微笑致意，没想到连画扇都知道了。

画扇笑起来的时候令人难以挑剔，何况她还是在那样明朗的天空之下。

"要下雨啦，你听——'咚咚咚'的。"

"什么'咚咚咚'？"

画扇把右手贴在耳朵后面拢起来，我也学着那样，果然听见这些墙里传来穿透力很强的"咚——咚——咚"的声音。

"奇怪，墙的里面有什么啊？"

"有人呗。"

我还没能问下一句，忽而听见方圆几里的土墙里都传来了低沉而快速的敲击声。

"他们在打梆子？"

"这里是没有梆子的。"

我听着这声音的材质，明显不似铁器一般强硬，反倒有着一股韧感，到底是什么呢？这绵延几十米的响声犹如口号一般渐渐变得强烈。

"要下雨了，这样的响声就是要下雨了哦。"

"这是村子里特殊的提醒方式吗？"

"算是吧，老人们都在敲骨头喔，住在这里的人风湿很重的，一到下雨天的时候，就会敲起来了，这点算是奇闻呢，旅游指南上没写吧！"

画扇比我知道的可多得多，我对于她却一无所知。女生是不是都如这般机灵，在聊天时有着可爱的样子，实则把你的一切都看在了心里。事实应该是，男人本就是粗枝大叶的生物，只是等着一个小女生住进去。

我对画扇的喜爱与日俱增，以至于我总是忘了回家的时辰。客居此地的人爱上了当地的人，让我有一种《雪国》的浩渺感。画扇的头发比任何书里的女生都要清晰，像渐渐浸没的雨线，又或是用延时摄影拍出的星轨图，它常常一束束飘然下来，垂在她双耳之前，如一些折扇尾长长的流穗。

"快走吧！"

画扇说走就走，浑身充满着让人追随的气味。

我们走过土路、月牙形坡地、潮湿的田垄，终于避开了之前一些现代化的建筑。前面就是以打湖鱼为生的渔民休息的地方，听说在很早的时候，那些打鱼的人就在离湖不远的地方支了一个棚子，摆上茶水，提供给所有打鱼的人喝，后来也就慢慢变成了公共茶摊儿。因为打鱼的人总喜欢在闲下来的时候吹吹牛，提及今年政府的打鱼政策，甚至是国际上的大事，用粗糙的水嗓吐出一些音译的外国名字，因此这里也被尊称为"茶殿"。

画扇带我到了"茶殿"，脸上微微冒汗，左脸沾了淡白的花瓣，像是仙女一样。

"什么时候才会下雨呢？"

"等我们都准备好了，就会下雨了。"

我们准备好了。

雨下到棚边的木条上，原本招展的木条，现在像浸了水的头发一样滴着水。大铁壶里浮着渔民们自己带的荞麦茶，四下生香，画扇把她手里的那杯递给我。我触碰着凹凸不平的瓷面，像捧着一盏火炉，觉得这个冬季就这样度过也不错。

我盯着画扇的时候望不到雨，只能听见泥浆子被搅起来的声音，还有片片的凉溅到手指上。她耳边的发髻很稀疏，她把所有的发饰都取下来了，我觉得她再裹上亚麻色的围巾，就俨如一个干净的乡下姑娘了。

画扇重新倒的那杯茶里，漂着小颗的荞麦，她像毫不知情一般，默默地咀嚼着。

在那一刻，这种咀嚼的感觉，让世界慢了下来。我猝然想到，我总该会慢慢地了解她。

雨停在某次重大呼吸之后。渔民们没有注意到我们，又乘着渐黑的天色出船了，听说干湖鱼生意的比干海鱼生意的难，所以这些渔民的生活都格外艰苦。这片湖的那块缺口是唯一的入海口，那道缺口如大门一般设在东面，日出时候照得湖面极其壮观。

我与画扇分开之后，各自回家，我屡次回头，发现她的乐趣都还在路边的野花那里。那时画扇的方向正好是西边。太阳照耀着空无一物的天空，因为没有云的灼烧，白白的天幕如玻璃一般红得发痛，仿佛下一秒就会裂开。这个在不多久前我才爱上的女生正一步步走进缝隙里。

画扇会时常关注我吗？毕竟我与她一起在湖下的山林里散步过好几次，画扇对我也总是和对别人稍有点不一样，这是我从她碰面时的笑靥上感到的，不知该是一种敬意，还是热烈。她总不至于对我热烈的，至少没听说过她曾为谁热烈过。酒馆的老板都说了，她是一朵从头到尾都圣洁的花嘛。所以不管我和她待一起多久，她的心都无法与我靠近一点的吧。

这样想之后，我反而轻松很多，虽然是一种阻塞的轻松，那一股清凉感从头部输入要花很久才能蔓延全身。尽管是这样，在暮光中看见她的侧脸，还是如同仰望着一座花园，美好安息在注目她的瞬间。这种明知的不可能、直截了当的错过，配上她面容的一眼，真有让人失去了一切的感觉。

我抄小路回家，一路上都是湿泥，到了门口，婆婆热心地忙前忙后，连那几个打工的女学生也上来快活地问话。

"下雨天也要去见画扇姑娘吗？"

我被问得很窘迫，其中一位女生便又很大声地假装为我开脱："只是见画扇姑娘的时候，凑巧下雨了吧！"

其实根本就是我凑巧遇见了画扇，也凑巧遇见了雨。

她们你一言我一句地构想着我与画扇的关系。不过要真是那样就好了。我能一整天陪着她，在湖边的冬季，我们在雪里默然地对视，把手放在一起。我还能在晴天看见她梳理整齐的头发，干净的马尾式样，再着一件轻薄的裙子，她会蹲下来摘花。白红相间的裙边，会绕成一个质朴的光环。

因为要买冻疮膏，所以我又出了一趟门。回来的时候，婆婆一家人已经隐没在鱼汤的水雾之中了，她们从厨房的一端大声喊我，我客气地拒绝了。有时候就特别不想拥有一顿热闹的晚饭，只想一个人待着，那时候不管什么糟东西都吃得下。

于是我上楼，婆婆在旋转的楼梯缝里向上喊："等会儿给你送点上去。"我微笑着点了点头，不禁也想起自己的外婆，大概也是这般忙碌却又顾及别人。

我似乎一直被那种爱所包围，便显得我被动得多。家里人都是那样忙碌，兽人一般壮硕的身影从我眼珠前划过去、划过来。我找不到任何一件能做的事，转眼间，他们又为我准备好了一切。这样似乎是最舒服的生活状态了，但总是觉得自己脑子太沉，也太容易叹气了。

我从橱柜里取出鱼干，倒了婆婆自酿的一种酒精度偏高的果酒，色泽晶亮。不出一会儿，暖意就从胃向下舒展，像有一撮小火，安静地往下燃去。直到两腿渐渐变得麻痹，竟然有了困意，我又打开门跟婆婆说不必把鱼端上来了，一转头，就有一股黑暗夹杂着痛感在脑袋里横冲直撞，最终撞到了某个柔软的部分，我只感到一阵骇人的晕眩，之后就扶着床沿，沉沉地睡去了。

闭上眼睛的时候，我马上就睁开了另一双眼睛。

睡梦只是另一个世界，我梦到了婆婆所描述的花香，一条很长很窄的小溪，还有轻纱一般的雾，雾里是对面采花的画扇。

抬起头看我一下吧，只要抬头你就能看见我了……

但她始终没有，她只是在我面前不停地寻找能令她眼前一亮的花朵。

我忽然就想起了画扇无数次经过我窗前的样子。

如果画扇只是刚好一人经过我的窗前，她才能注意到我。又或者是我自己所期望得太高了，当自己喜欢的人单独与自己待在一起时，自己才是自己，要不然在人群里，自己只是她"朋友"中的一个。

中间我醒了好几次，一闭上眼又会出现这种无头无尾的梦。在梦与梦的间隙里，我就蠢蠢地望向窗口，我期望画扇像是明月那般升起来，能多停留一会儿，然而画扇的影子总是匆匆隐没，在她工作的酒馆门前徘徊。她穿着女招待的黑色长裙，系着红发结，在那些酒气糜烂的地方，躲避每一个不怀好意的月光，她还能撑多久呢？

我喜欢画扇。不知道是在梦里还是在现实里说出这句话。

月亮已经垂过那边的瓦檐，再也看不见，有几只在黑暗枝头的鸟肆意地啁啾着，我才想过去看得仔细一点，就已有比鸟鸣更轻柔的声音从脚底传到心上了。

画扇在夜里的露珠之间眼巴巴地望着我，她像是刚洗过脸，颊边淡淡地渗出微红，孩子一般向我微笑。除此之外，她的肩上还搭着另一个人的手。

"能帮我一下吗？"画扇喘着气，又把那个人的手向上提了提，忽然有一种疏离感就在胸腔间展开。大路上的灯不太亮，只能看见酒馆打烊的标志和黑夜里剩下的最后两个人。我知道我那是一种嫉妒和猜忌。

在接过那位男士的肩膀的时候，我问道："酒馆还有将喝醉酒的客人送回酒店的服务吗？"

画扇回我一脸窘迫："总不能放着不管吧……"

所幸她的意思是与这位男士没有任何关系。我把他扛进婆婆的旅馆，让婆婆开了一间我隔壁的房，那些打工的女学生都看见画扇了，都没有来帮我。

等到画扇和婆婆打了招呼以后，我们就一起走上了旋转角度过大的楼梯。

"哇，这里就好像走迷宫一样。"画扇又开始惊叹周围的事物了。

"要记住出去的路哦。"

"只要一直往下走就好了嘛。"

她对走廊里镶的石子画感兴趣，对屏风感兴趣，对转角的光源感兴趣，甚至我拉开门时，她对日式门把手也感兴趣。

她可真是拥有无限兴趣的人，像一朵水仙刻意放慢了周围的速度一样，我幻想我与她在一起生活的场景，能与她一起拥有那些平淡的日子实在是太美好，可一想到结婚和孩子，我就想到油味的家庭里抹着汗的臃肿的妇人。画扇终有一天会变成母亲的，可她实在不该是，她溶解在家庭的网上，就将被那些人所牵绊了；她应该永远是这样，对周遭的事物充满兴趣，事实上没有一位妇人会在锅里的油烟腾起的一刻领悟到禅意的。只要画扇就这样好奇下去，连时间都夺不走她。那才是画扇，我能说我最爱的便是这个画扇了。

她永远不会被摧残，摧残不属于她，她始终是被深藏的色彩。

我把那位男士的西服褪下，挂在牛角状的衣架上。画扇只是愣愣地站在一旁，仿佛是面对着地壳变动或更多她无法左右的事情。知道一切都被安排妥当，门后面的女大学生才像鸟雀一般欢快地张罗，她们经过灯光时铺在地上的剪影让人舒心。

最后的一碗水递给了画扇，她委婉地拒绝。那位男士令人庆幸地出了一口很长很长的气。

望着把他裹得十分整齐的被面，画扇悄悄说道："多亏了亦然，要不我一个人可不知道怎么办。"

"第一次陪男生回家？"

"嗯，以前都是姐姐们负责的，但是今天大家都去准备明天冬游的食物了。"看起来冬游还是湖镇人很喜欢的活动呢。往年的这个时候，雪已经积得很高了。

"画扇小姐真是善良。"

有时我认为"善良"这个词在口头上夸人好像有点过时，甚至成了不像夸人的东西，变得苍白无力。多年后我才知道，其实是自己失去了对善良的感悟。

月光透进房屋里，树叶偶尔被吹落，倒映在光里如同鱼影一般。画扇的白皙透过臃肿的夜晚再一次撼动了我。

我没有退缩，只是感到被一团冰凉而又美好的东西所裹住。待我反应过来，画扇的手已经松开了。

"再次感谢你，亦然。"我本以为她会特别有敬意地加上"先生"这个结尾，突如其来的呼喊如赤裸的表白一样让人躲闪不及。也就是在这时候，我和画扇之间的隔阂仿佛一瞬间就可以被打破。

她没再说什么，我除了还礼以外，也没有多说。她便乘着夜里雾气渐起的时辰走到门口，风铃儿响，黑暗里的植物摇动身躯，风连贯了这里的每一间屋子、木材间的每一处缝隙、人与人影子之间的每一道缺口、城市中的大多数孤独。我被她吸引这件事由来已久，无人可说道，也无话可说。

我像是被她召唤来的风所贯通，一切都澄澈了起来。

"晚安。"画扇紧闭的嘴只是短暂开启，眼睛还是那么明亮地望着我。如果有那么一刻也好，我想变得很小，然后看见倒映在她眼睛里的自己。

"晚安。"这是多久没听过的词？大概是在看见余秀华的"不要说晚安"之后的第十年了。

于是门关上之后,我还站了好久,好久。

第二天的日光大好,有一股想直接过春天的热烈感。

我去那位男生的房间喝茶时,他已经变回了正常的腼腆的男生了。

他从另一边的海岸来的,比我大上整整十岁,全身红彤彤的,面相和善,但撩起袖子之后,那里刺着一条金属质感的大蝎子。估计画扇就是因为这只凶猛的生物,才会变得那样战战兢兢。

"画扇小姐心肠可真好。"

没想到这个初到此地的外人也能领悟到画扇的美,虽说有股怪怪的感觉,但我还是和他毫不拘束地聊了一个下午,从海面昏暗会泛起那些好看的鱼聊到那些潮湿的海边小屋里骇人的怪闻。

他穿上衣服,像是一条褪去了鳞片的大鱼,他结了昨晚的账,还好心地问我是否还有别的费用没有到他这里"报销"。真是个好人,可好人为什么会有一个令人发怵的文身呢?

一切都如未解之谜一般,男人从一片温白的门里逃出去,如一条鱼游回大海。

大海里充满了未知。

我忽然无法抑制地想见到画扇,她的每一寸都散香的长发。我曾经一直青睐有这样发型的女生,对于青春期晚熟的男孩来说,那是一团未知的世界,代表着丛林、魔法、野性与爱情。可笼罩我一时的这种想法却总是让我交到短发的女朋友。

回首过去,竟然发现自己已经是罪孽深重,不知是出于何种原因她们才会答应我而后陪伴着我。现在发觉把自己的全部展现在另一个人面前已变得困难重重了,一个人如何真正地和另一个人交融在一起?在相遇、交谈、旁观、隐忍与结束之间似乎形成了"一着不慎，满盘皆输"的棋局。

那我又该怎样去决定画扇呢？她变得透明而轻盈，事实上喜欢上谁的时候不是这样呢，画扇归属的记忆里，长满了绿草。

有叶尖相触的清晰感，也有一眼望不尽的迷茫感。

所以我想在一个迷茫的地方约见她。

那是湖镇最高的一座山，不过也只有五层楼旅舍那么高，正对出海的缺口，常年雾气氤氲。这里四季不明，在半山腰的亭子里，仿佛就是在另一个世界。

我约她的时间是下午两点。画扇的回信速度很快，发来的短信如一支箭一般有力。我不禁想，她答应别人的时候也如这般干脆吗？眼里又出现了画扇注目着野花的样子，裙边的那些装饰惹人在意。绝不会，画扇关心的不会是那些令人烦恼的恋爱关系，哪怕是有那么一点依赖上一个人，都不会。

她属于永远的开春，她是属于永恒的那一股回暖。

又喝了两小盅酱香的酒，婆婆坚持说这是本地产的酒，可上面的生产地却写着某个遥远的内陆地区。出门的时候，她的喉咙就已经肿得很严重了，她说自己已经好几次吃这种鱼上火了，大概就是上次想端上来给我的那种。

她庆幸我没有吃。

"这里的人都很容易染病的，又是腰又是腿的，不要常住是最好的。"她用沙哑的、还带着药味的嗓音告诫我。旁边的一位女大学生轻快地说道："可我已经喜欢上这里了。"

婆婆笑了笑，全然不像有病的样子。

我临走时，她还到门口来送，把雨伞送到我胸前。在我走到小巷的尽头的时候，她才冲着门里的黑暗大声地咳了两声。

雨后的空气宜人。我走得越来越快，飞也似的踏在柔软的山泥道上。

我提早了十五分钟。到达山腰的时候，汗贴在背上已经有点凉了。

那座石亭像一句诗出现在我的眼前。它如同突然的耳光，在刹那令人头脑空白，然后各种感觉便如春花开放一般疯狂地冒出来。对于客居此地的人来说，这里是很适合写一封长信的。没有人在意这座亭子的建造时间，哪怕它是百年前的，即使是明清的，都不足为奇。通常拿起笔的人第一眼望到西边细如琴弦的山线和被压低的青绿色，都会忍不住多看几眼，并用白描的手法写出来，这是毫不夸张的。环顾一周，估计只有在这座亭子上的人才能知道自然真实，正是出于这样的想法，才会把画扇约来的吧。

画扇穿的是白色的棉衣，上面印着水彩的荷花。她的裤腿和头发都紧紧地收拢，像是尽力扼住美好似的，像那首《游园不值》里的围墙一样。

我想起那位外地男人说的话。

"一开始我根本没注意到她，酒厅的灯打在贵宾席和乐队身上。我在从厕所回来的路上看见她，因为出了汗的缘故，她把马尾又束成一团，如同突然扎起的彩带。这是我第一次见到这样的女子，拥有一股清纯与庆典结合的美感，像是准备参加宫廷舞会的公主。"

应该就是那种发型。

我的心里有些胆怯，生怕有一丝污浊会染到了那样的女生。她此刻的轮廓都带有蛋白的光晕。我仿佛褪去了"人"这层外壳，赤裸地暴露在某种至美当中。

还好她移开了视线。亭子的东北角，垂下来一串粉红色的早梅，连雪都没有下过，它们就已拥有这种羡煞旁人的色彩了，又像是紧紧系在童稚小姑娘耳边的发饰。

"连梅花都开了。"

我根本接不下一句话,看着她用枝条般纤细的手压下细碎的梅花瓣,像是一位刚放学回家的女学生进了一家昂贵的服装店,细细地抚摸着最受人关注的裙子。

更尴尬的是我完全没有想好让她出来后自己该做的事,我觉得顺其自然就行,在看到画扇的那一刻也就会有想说的话。可是口中仿佛是一个黑洞似的,连声响也没有。

画扇把一绺头发架在耳朵上,过不了多久,那绺头发又会挂在眼前,她又要重复一次那个动作。她并不觉得这样麻烦,我也很喜欢这个看起来多此一举的动作。

我将要开口的时候,想象着画扇的反应。她没准儿早已知道了我的心思,可她理解的恋爱是怎样的呢?

我凑近她,而她却先我一步开口了。

"亦然也知道这里有鱼看吗?"

"鱼?"我一下不知道该怎么回答。有人会来山上看鱼吗?

"哪里有鱼?"我轻轻跟着上一句的震惊。

画扇的头自然转向正北的湖面。正午的阳光与平直的湖面碰撞,极似一张透明的塑料纸。正午渔船都不出航,躲在时间缓慢的"茶殿"里品尝炽热。

"没准儿有很多人在看鱼呢。"

"刚刚就一直在说的鱼,到底是什么?"

画扇停了好几秒,一动不动,我下意识怀疑自己是否说错了话。忽然像是看见列车到站一般,她欣喜地把手伸向湖心,那块儿开始有些躁动的湖面。

那张"塑料纸"仿佛是在被折叠,顺便把光也折叠了,那些柔软的光随着波浪滑下,囤积在波浪与波浪之间,互相映照,如同山峰之间的小溪。突然又像是潮湿的山林冒出了千百根笋芽一样,千百颗金色的颗粒抛洒着金色的湖水露出来，它们戳破了那层脆弱的湖面，把浪花披在身上当作披风。

那些金色的颗粒就是鱼吧？

"亦然第一次见吗？"

当然，我想马上回答她。然后她能给我讲更多的和鱼相关的故事，讲那些黝黑的渔民怎样捕捞，怎样在随意摆弄的土灶上料理一条湖鱼。聊完后我们又可以一前一后地回去，她总是在留意周遭的美好，而我在留意她。最后在那个路口分别。

这样便与每一次我们的相见没有区别。

于是在我接到电话的那一瞬间，我就预感到今天将会有一个不一样的结局。

那位女大学生的嗓音像是从火场里传出来的，满是焦油和爆炸的杂音。

"亦然先生，你能回来一下吗？"

我下意识地想起婆婆早上送别我的时候，在阴影里大声咳嗽的样子。貌似她是吃了某种容易上火的鱼。

"婆婆好像挺严重的。"

我在电话里的交谈只进行了一分钟，其间我一直感到一种难以抗拒的吸力，在把我往画扇身边拉。画扇能明白我想与她牵手的这份悸动吗？

大概在理解与不理解之间还保留着很多的不确定性。而我必须去靠近这份可能，不过不是现在。

我放下手里已经铺了一层汗的电话，假装镇定地和画扇说："晚上你还有空吗？"

"亦然先生怎么知道今天我休假？"

其实我根本不知道啊，画扇，我甚至不知道晚上是否脱得开身来见你。我面对着画扇，犹如面对着轻柔的月光，不知她在为谁而照耀，只是我已心怀感激。

我用了一个我认为我这辈子做出的最适宜的微笑。

"那你要去哪儿?"

"去一趟药店。"

一切就像是一场梦,我不知道如果当时发展下去我是否会向画扇表达心声。我向巷子深处的一家小药店的老板描述婆婆的病情,如那位女大学生所说,老板真的只会拿出本地的草药,而且不会开发票。

等我接过用黄纸包裹的药包时,仿佛是在一部古装戏中。而当我离开时,老板的徒弟们正从门口哼着调子回来,他们的篮子里盛着湿淋淋的新药草,我能听出他们用轻松的语调问着老板:"刚才是第一位客人吗?"

"是的呢。"老板支着头,压在台上。

台前的一朵风信子开得正旺。

旅店门口积了一小层落叶。

我把草药交给其中的一位女生,仅仅只是二十出头的她,在打工中已经学会了许多事情,就连煎草药这种在我看来属于现代不可思议的技能她都已经得心应手了。婆婆喜欢勤快,所以她也招了许多勤快的年轻姑娘。我常常看着她们的身影在楼道、仓库、花园里穿梭。我也喜欢勤快,不过却不是这种。

对我而言,画扇把她的勤快拓展到了世界上。她出入于四季,温度、光影变化,甚至是花期都拦不住她。

我把外衣从身上褪下来,轻声地问:"婆婆在哪儿?"

"她已经睡去了。"

我又顺着迷宫一般的楼梯回到房间。我抓过枕头就躺下,真想就这样睡去,一直睡到开春,睡到画扇也离去,逃过一切诱惑和病痛。

不过我还是强睁着双眼,调了十几个闹钟。

在我迎着夕阳起来的时候,婆婆还没有醒来。她似乎跟我说过她过了六十岁之后,一天就再没有睡满过五个小时,而她今天却早早地睡满了五个小时。

这也许也是这个旅店最安静的一天。那些挂在天花板上、摞在围墙上、落在路旁的花草也都在思念，向屋里张望吧。

我换了一件更黑的外衣，把领子的扣子解开了几颗，走到了门口。有人轻松地在后面拍了我一下。

"亦然也要出去吗？约了画扇姐姐？"

是一位女大学生。

"是的呢。"

"画扇姐姐很喜欢你呢。"

"我有什么好的呢，什么都没有展现过，连花都不认识几朵呢。"

"你已经老了？"

"说老不老，说年轻不年轻的状态。"

这位大学生先我一步出门，在融化一切形体的金黄色光里对我说道："婆婆说似乎看见了他的先生。"

"她起来过了？"

"就在半小时以前，还在门口坐了一会儿，现在又躺回去了。"

"生病可耗体力了。"

"可她只要起身就能变得很精神，马上就和我们说梦里的事。她说她看见先生转过门口。我们就都说也许是你正好路过呢。"

我没有说话，也没有动。她回头看了看我，又说下去。

"听说湖镇的人脑子里都会有几个瞬间突然闪现。婆婆说当时看见你跪在房间里倒酒的样子，让她脑子里闪过当年先生在屋子里收拾东西的样子。所以她那次与你第一次打了招呼。"

"女生老了之后也会这么奇怪吗？"

"这是真的，如果你从没有过这种感觉你不会信，但是湖镇的每一个人都

是知道的。"

"你有过？"

"我没有。不过我听说是要看到过某种鱼之后才会那样的，凭空地闪烁几幅曾经记忆深刻的画面。"

"什么鱼？"

"湖鱼，没有名字，会在正午和入夜的时候成群出现，和星星一样闪亮。"

"那我见过的。"

我从夕阳走入夜色。岸边的青草渐渐发黑，像是某种巨兽的体毛。潮声细细地起伏，我看到出海口的岸边，停着几艘小船。只有最右边的那艘点的是清亮的白色灯笼，我向那艘船呼唤画扇。

她没有换衣服,从船头轻轻一跃落入了水里,她太轻了,没有溅起一点水。

如一朵泡开的白花,她在深蓝色的湖水里忘记了这个季节的温度。

"亦然,你下午本来想说什么?"

我一时间不知道该如何回答。天色碧蓝,如玻璃一般带有寒意,一寸寸的短草摇曳着风,击打在我的外衣上。

"画扇会不会突然在某个时刻想见到一个人呢?"

画扇什么也没说,她也没有上岸,直到夜色的稠度突然在这个时刻达到峰值。

"你有'闪烁'过吗?"画扇问我。

作为湖镇人,画扇不可能没有那种感受——突然地在脑海里闪过那些重要的画面。而那里会有些什么呢?她会想起谁呢?

画扇挣扎着保持漂浮的衣角,渐渐地撑开她若隐若现的双手。就在这里,我和她都屏息了。午后的那些鱼群,一直存在于这里,如同千万颗雨滴洒在湖面上,这让我想起陨石撞击月球的表面。

波光粼粼,波光粼粼。

那些鱼背部闪烁的反射,像是海底的萤火,在这层水的皮肤下跳动。画扇突出在闪耀的中央,淡色衣角成了一双柔细的翅膀。她在鱼群闪烁的正当中,一直闪烁。

于是我试着闭上眼睛,果真如此前所说,她的样子在我闭上眼的黑暗里延续了一秒。我再闭上眼睛,画扇那清奇的样子,撑开手的样子,她是在感受闪烁的拥抱,吸引着目光。

"亦然觉得我是怎样的一个人呢?"画扇突然贴近的语气,让我血脉舒张。

但我知道的,虽说不能比她本人还清楚,但我确实是知道的。

"画扇是女生嘛。"

"这个根本不用指明吧,难道还不明显吗?"

"不，我是说，世间尽是复杂的关系，有很多人只是女的，很多人只是女人，而女生只有你，画扇。"

"听不懂，哈哈。"

画扇又露出了微笑，只是这次微笑更为长久。她泛起的涟漪越来越大，也镀了一层白光，如刀锋一般凛冽的白光暗示着湖镇雪季的到来——一场与以往都不相同的雪季。

可是不管怎么样，雪一化，春天一来，我又要去了。明明我还没有离开，就已经想到了画扇一个人的模样。她不曾离开吗？不曾去外面看看，甚至不曾爱上一个人吗？我感受到面颊上水滴的刺激，画扇正往我脸上洒水，她已完全出现在水面之上，随着东边的月亮升起。

"亦然先生下一年冬天、下下一年冬天、下下下一年冬天……一直都会来这里吗？"

画扇从没惦记过任何人。我想。

我从岸边纵身入水，溅起了很大的水花。

时间长河

文 ♦ 侯沐

第十七届全国新概念作文大赛二等奖获得者

我从来没有为你写过任何东西，今天是第一次。

我看着你从咿呀学语到现在的活得肆意，已经过了十多年。你的面容没有太大改变，高兴起来还是又蹦又跳像个小疯子，难过了依然不吭声闷在心里但表情终究出卖了自己。你的网名直到现在还是初二时写的第一首诗，你为了在乎的人和事还是那么容易冲动。没有人承认你已经长大，虽然你为此已经改变了太多太多，虽然你始终嘴硬自己是大人。我只能报以摇头和无奈的笑。

不过你确实已经学会了很多。你学会了自己做很多事都不愿意麻烦别人；你学会了油嘴滑舌地跟其他人讨价还价；你学会了骂粗话来发泄自己心里无所适从的愤怒；你学会独自一个人走很长很黑的路不再抱怨；你学会尝试安慰受伤的人说："没事没事，一切都会好起来的……"即使你自己都不怎么相信这些俗气的套话，但每个人都应该有些信仰的不是吗？你学会遇到事情不再逃避而是硬着头皮努力去寻找解决的办法。你真的很努力，你没有责怪过每一个以好的或者坏的姿态出现在你生命中的人，你始终觉得活下来总是会有好事发生的，你也没有撒手不干说要放弃，你真的已经很棒了。

　　观看一个人的生命是个很伟大的过程，不管是自己的还是别人的。你看着一个小小的人儿用自己的方式去理解这个世界，随着年龄的增长然后逐渐改变想法，完善对世界的诠释。痛苦的蜕变，也会误入歧途，对人生的迷茫，跋涉的艰辛，还有那些时光缝隙里的杂碎点滴。那么庞大的过程，你始终注视着，小心翼翼地爱着，仿佛你也这么活过了一次又一次，生命不息，感动不止。我

098

也是注视着这场盛大仪式中的一员。

　　小时候的你常常是一个人。你一个人无聊,一个人发呆,一个人自言自语。你喜欢喝很多很多凉水,然后在烈日下奔跑,去追逐那些白色的蝴蝶。你迷恋那种冷与热交融在一起的奇异感觉。你抓住那些白蝴蝶,然后松手放它们走,顶着满头大汗着迷地注视着它们消失在因太猛烈的光而充满黑色色块儿的视野里,手上残留的磷粉在掌心的纹路里显出奇特扭曲的花纹。你想象力爆棚,做很多很多天马行空的梦,你享受醒来时大汗淋漓的感觉。

　　但你跟其他小朋友格格不入。你喜欢躲在自己书桌下的空隙里,一待就是一下午。你沉默地注视其他人嬉戏或者大笑。你一直活在自己构造的世界里,很少与外界交流。你特别好欺负,其他孩子一推你就摔倒在地,你不哭,呆坐一会儿自己就站起来。后来也学会了反抗,经常跟男孩子打架,但从来没赢过。记忆里最深刻的就是你那张倔强的脸,不管任何时候都不会服输的倔强表情的棱角,这样的表情贯穿了你大半个童年。你始终倔强。

　　妈妈总是拒绝承认你自闭,虽然其他人轻易就能看出来,但她依然一遍又一遍地解释你只是有些安静,而且你是害怕,因为其他人对你太不友善了。你对这样的解释默认,脑子里想的是昨晚梦里的那三只星星旁边的羊。

　　记得十岁那年你好像第一次明白死亡的意义。你没有失去过至亲,只是心爱的宠物兔子死掉了。你第一次那么恐惧,第一次觉得自己对一件事真的无法抗拒,没有办法避免,没有能力阻止。你也第一次觉得自己那么没用。那感觉就像是把心里掏空了一块儿,拿什么东西代替都不能填满,没有了就是没有了。你再怎么声嘶力竭地哭叫也无法挽回什么,只在空洞里传来钝钝的回音。那种疼痛,就像流动的水或者雾气,它在身体里蔓延,所到之处通

通被疼痛覆盖、占领,再狠狠踏上一只脚。喉间哽咽的,是被插上的旗帜,挑衅似的叫嚣这是它的领地。死亡带来的痛苦就是那么霸道,你郁郁寡欢了一整个星期,每天看见跟它有关的东西都会呆呆地哭,从此发誓不让身边失去任何人。

你那么天真，以为世界就是你眼里的那个样子。有句话怎么说的来着，总是对距离边缘模糊的人才最容易受伤？好像是这样的。

十四岁，你第一次被质疑、被背叛、被孤立。你开始慢慢明白朋友间的关系也不是看起来那么简单，背后的钩心斗角早就让你如履薄冰。你很痛苦，我

也心疼，但我明白你必须一个人去面对，因为长大对你来说，确实是件很有必要的事。你从一开始不断辩解到后来的闭口不言，你开始习惯一群人的路程自己一个人去完成，你开始学会隐忍一切冷嘲热讽，你对好事者的骂声从眼泪背地流到也会甩个带着狠意的眼神过去。但你小时候的自闭症也卷土重来。你沉

默寡言，再也听不见你咯咯的笑声。你更愿意待在书桌下的空隙里甚至一整天都不出来。你在深夜拿着小刀对着自己的手腕比画来比画去。

我表面波澜不惊，心里一遍一遍说服自己你会熬过去。你初三，但经常很多课都不上，心理辅导不断。你的老师那么看重你，心疼你的状态害怕一棵好苗子葬送在这样的消沉里。你花了很长时间让自己走出来，大家都很努力。那晚你在办公室对着老师终于和着眼泪说出大段的话，老师抱着你不知道是什么样的心情。中考那天你发挥很棒，在吹来滚滚热浪的六月里结束了你的初中。眼睛酸涩，迎来九月漫长的跋涉。

高中的时候，你感觉活过了这一辈子。

科目很多，学习很紧，落差很大，担子很重。你从初中耀眼的星星变成不起眼儿的暗淡无光的石头，再没人给你更多关注，但所幸朋友更多。

你在晚自习后迅速骑车回家，在一条必经小路上闭上眼睛放开双手骑完整个路程，夜风呼啸而过穿过你的头发，你嗅着风里名叫自由的味道，表情享受。你在初冬的早晨伴着The show的闹铃起床，哈着热气听着广播安静等车，感觉全世界只剩下你一个人。听不懂老师上课的口若悬河，看不懂整个黑板的演算过程，被老师提问手足无措东张西望。咬手指成了病态，手垂在课桌底下过一会儿低头就能看见斑驳的血迹。

我仍然记得你那个时候狼狈的呆样，蹲在墙角抹着眼泪发狠。你就是从那个时候开始改变的吧，抛弃之前的乖宝宝形象。

你不再苦苦地与那些化学公式、数学符号、细胞结构纠缠，压力最大的时候你竟然松懈了。你开始大声说话，不再沉默，继续舞蹈课，眼神安定。不在乎成绩的时候，你好像轻松了些。但父母不这么想，他们焦急不安，吵架不断。你知道你对不起他们，无法辩解。你理解天下父母心，但他们却看不见你眼里的光一天天暗了下去。他们否认你的梦想，指责你异想天开，斥骂你不务正业。你无言地抗争，但毫无作用，你明白你的能力终究敌不过一张毕业证，你知道现在摆在面前的路就只有高考。

那年你十五岁。生日那天，难得下了雪，然后又放了晴。全班陪你一起过生日，你推开教室门，熟悉的《宝贝》响起，然后同学们大叫你的名字说生日快乐，你好高兴。陪你看了一下午电影，礼物超级棒。那天大概是你高中以来最开心的一天了。朋友待你如宝贝，你站在操场上笑得灿烂，告诉自己一定不会放弃生活。

亲爱的，今天你十六岁了。我帮你回忆了那么多，你有没有想起来你其实拥有很多？我比谁都爱你，但你得一个人长大。你不能放弃任何你想要的东西，因为你得相信你是值得拥有这些的。

你很难管理好自己的情绪，这是我最担心你的地方。你想要保护所有你在乎的人，所以你必须变强大，强大到所有人都能为你骄傲。你要完成你做出的每一个承诺，因为这是你的原则。

你在漫长地跋涉，痛苦地蜕变，艰难地长大。你一直不是一个人，身边有太多舵手为你指明方向，你是船，勇气是你的风帆，你得虔诚地一直走下去。

我一直在时光的洪流中注视你、陪伴你。我爱你，但我不会帮你。

因为我就是你，我是未来的会感谢现在默默努力的你的那个你。

Part

3

云锦

纸鹤
云锦
猫的女孩
嗜睡
慢下来的城市

纸鹤

文 ♦ 陈波帆

第二十一届全国新概念作文大赛一等奖获得者

冬至，小雪。

秦情站在窗前，看着。她知道今天下雪，可是不敢相信，因为白茫茫的雪和霾太像了。前段时间霾最厉害的时候，儿子秦泽所在的学校都停课了。

今天是周日，儿子央求秦情陪他下楼玩雪。对南方的孩子来说，下雪是稀罕的，冬天哪怕落下点雪渣子也能让他们乐上半天。

冬至的南方下雪，秦情觉得这实在是很浪漫。

可是她不想下楼。自从和秦泽爸爸离婚后，她就坚信，绝大多数的美好是只能活在眼里的。她不想破坏这份冬日里仅有的美好。

秦泽在这家新搬来的小区里没有朋友，同学们都住在学校旁边，只有他离得最远。

这是秦泽印象当中第二次下雪，上一次是在幼儿

园的时候。那天的雪下得真大啊,他和爸爸一起堆了一个最大的雪人,和爸爸打雪仗,联手把邻居家父子打得浑身湿透。今年的雪却小多了,人也少了。

秦泽听姥姥讲,爸爸妈妈离婚了。当时他以为爸爸妈妈再也不能一起陪他,他就哭,很用力地哭,以前只要他哭,爸爸妈妈就会和好了。可是这次不一样,妈妈带着他离开了爸爸,抹掉了爸爸在老家里的所有痕迹,也抹掉了"林泽"的名字。

秦泽没有一点办法,只好回到屋去,看雪一片一片落在窗台上,化成水。班级里有北方来的借读生,秦泽听他说北方的雪落在地上不化,像干棉絮,摸起来像棉花糖,不像南方的雪球,一点都不松软,简直和冰球一个样!

当秦情回过神来,儿子已经回屋了。她突然感到内疚,自己不该这样的。她从抽屉里取出一沓白纸,敲门,然后走进儿子房间。

"小泽,不能出去玩雪,是不是生妈妈的气了?"秦情轻声问。

秦泽没吱声,抬头看着秦情。

"妈妈可以在家里陪你玩更好玩的!"秦情从背后亮出一沓白纸。

"白纸,这有什么好玩的?"秦泽嘴上不屑,眼睛却放光,期待妈妈的回答。

"妈妈给你讲故事,还教你折纸!"

"可是妈妈,我还有好多作业没完成呢!"秦泽指指桌上厚厚的一摞书。

"作业待会儿再写也没事,现在先陪妈妈玩好不好?"

秦泽点头。两人就坐在床上,秦情折纸,秦泽跟着学。

秦情平静地说:"很久很久以前啊,有一只雪白雪白的仙鹤,生活在天宫。它饿了吃云朵,渴了就喝雪水。它的羽毛就像我们手里的这张纸一样白,但是看上去不刺眼不晃人,是让人舒服的那种白色。"秦情把手里的纸又翻折一个角,接着说,"仙鹤偶尔也来到凡间,不过都是在冬天。它飞到一个地方,就把之前吞下的云朵吐出来，然后扇动翅膀让它变冷，最后就变成一片片雪花飘下来。听说有人仔细观察过雪花的形状，就是这个样子！"

秦情把手中折好的纸鹤亮给秦泽看。它不是平时看到的扁平的纸鹤，而是空心的立体的逼真的纸鹤，玲珑精巧。

秦情鼻子一酸，她也不知道为什么突然想哭。

秦泽惊得说不出话来，他完全沉浸在纸鹤的故事里了。

他开始自己动手，妈妈折了一遍他就记住了所有步骤。他停不下来，纸鹤折了一个又一个，甚至比秦情折得更可爱。

秦情带来的一沓纸都被折完了，纸鹤铺满了小半张床。在秦泽看来，这是仙鹤吹落在他床上的雪。他想下楼看看地上的雪片是不是也是纸鹤的形状。

秦情走出房间，她竟然被自己即兴讲的故事感动了，也许是压抑太久了吧。

秦泽却怎么也静不下心来，他满脑子都是纸鹤形状的雪花，除了美术作业什么作业也做不进去了。他把他心中的雪景画下来，空中飘的、地上堆的满是纸鹤形状的雪。

他更不舍得把纸鹤当作手工作业交给老师，手工老师一开始就不喜欢他这个笨手笨脚的小孩。秦泽翻出妈妈缝衣服的细线，把所有纸鹤系在一起，挂在窗框上沿。他把窗开了一条小缝，风吹进来，纸鹤盘旋摇摆。

这是他见过的最美的窗帘了。

画画是秦情唯一的爱好，也是主要的减压方式。有时候加班后回到家，秦泽已经睡了，她就钻进自己房间，铺纸研墨，挥毫作画。

现在秦情下笔，画了三只飘逸的仙鹤，两大一小。她的眼泪又不自觉地滚落下来，砸在纸上，融化在一片白色里。

夜里，母子二人互道晚安，各自回房。可是没过多久，秦泽就抱着玩偶跑

进秦情房间，说："妈，今晚我想跟你一起睡！"

"来吧！"

"妈，我想让你抱着我睡。"

"好。"

深夜，下了一天的雪停了。

然而，另一场雪在秦情母子的睡梦中安静而真切地飘落下来，如同窗帘上翩翩起舞的纸鹤。

云锦

文 ♦ 双马尾榛子酱

全国新概念作文
大赛入围奖获得者

"全苏州城的老爷夫人、少爷小姐,穿的都是咱纪家的云锦。"

这是我记得最深刻的一句话,从我记事起,爷爷每天都要念叨好多遍,我至今仍然记得他说起这话时眼里闪的光。那时他头发已然花白,背却仍然挺得笔直。说到这里,他好像忽地高兴起来,就要带着我去那条苏州城最繁华的巷子吃个饱。他再高兴一点的话,还会带着大妹妹。大妹妹很胖,却也漂亮,像极了窗花上的娃娃那副讨喜的样子。可在家里,没有人愿意让我管妹妹叫大妹妹。因为有大妹妹的话,就一定有一个小妹妹。

小妹妹不和我们一起生活,因为我们不是同一个娘,而我爹因为她娘,舍弃了我娘和我,还有大妹妹。按说这要是放在普通人家,再看中一个姑娘纳了妾就好。可爹偏偏是纪家的人。

纪家和唐家世代为姻亲。这事没人不知道。

我听爷爷说，云锦的方子是从前朝传下来的，这方子虽然秘密，却也不是我家独有。那唐家和我们有一模一样的方子，织得出一模一样的云锦。或许是我们家和唐家本就是同根，也不知哪家是哪一家的分支。而因为祖辈远不如今，也没能留下什么根据。就连家谱，听说都是发迹起来之后找算命先生算出，然后故意做旧的。而这云锦，便是两家最深的渊源。也不知从哪一辈开始，定下了纪唐两家世代联姻的规矩，一直传到了现在。

而且一家族的男子只能娶另一家族的姑娘。不能纳妾，更不能有其他血脉。

说到底，都是为了云锦的方子，不流到旁人家。

于是，好的，就像我爷爷奶奶那样，至少相安无事地过了一辈子，护住了云锦的方子。坏的，便是我娘和我爹那样，爹净身出户，跟小妹妹和小妹妹的娘住在外头。而我的娘，便守了这些年的活寡。

唐家自然是不干的，可又有什么办法，总不能把娘再嫁出去，并且那规矩死得要命。若独传男丁，云锦也传不到如今。所以家族里的女娃，对云锦也是通晓的。绝不能让通晓方子的人，去另外的家族。所以我爹净身出户，外公家才总算满意了些，便放着娘待在纪家守活寡，也照顾着我和大妹妹。

我娘很是漂亮，走到哪里都数她最明艳，声音都像极了阳光洒到地上，她还是算账的好手，噙着笑把掌中的算盘耍得响声不停，算的账目又快又准。旁人都夸娘能干，我也佩服娘。后来我在《红楼梦》里看到一个和娘非常相像的人物。

王熙凤。

王熙凤一生最懊悔的，便是逼死了尤二姐，而她却没能让小妹妹的娘落得尤二姐一样的下场。

我也想，若是没有小妹妹，没有小妹妹的娘就好了。我也能天天和爹在一起，爹也能把我和大妹妹高高举起。

我也因此早就知道，我的妻，必定是舅舅家的表妹。

表妹名佩云，深得我娘的喜欢，两人性子相投得不得了。可我不喜欢她，我喜欢温笛。我也不喜欢表妹扁平的脸，我喜欢温笛挺直的鼻子和纯白的面皮。我还记得第一次见到温笛的场景，那时正盛夏，温笛一身鹅黄色棉布裙子，除了腰间的蝴蝶结外并无其他装饰，我才知道原来衣服可以这样简单。还有裙摆和鞋子间裸露的小腿。那是我第一次看到女性的腿。洋人总是高的，腿也长些。还有她腿上的金色细小绒毛，在阳光下闪着光。

每次回忆起温笛，霎时间涌入脑海的，便是温笛纯白、细腻、闪着光的小腿。

可我家里连个丝户家的女儿都不肯接受，又怎可能接受个洋人？可这话我是不敢说出口的。即使说了，也不会改变什么。

毕竟，我做不到像爹一样的净身出户。毕竟我知道，离开了纪家，我什么都不是。

大妹妹是嫡女，自然是要嫁到唐家的。这传了几十代的姻亲，竟在这一辈乱了套。爷爷是这样说的。舅舅家的表哥，竟看上了我的小妹妹。小妹妹虽姓纪，可没人承认她是纪家人。没有人同意他们，除了爹。那时表哥和大着肚子的小妹妹跪在地上，坐着的爷爷奶奶、外公舅舅和娘，无一不铁青着脸。小妹妹面容清丽，神似她娘当年的眉眼。而大妹妹一副雍容的样子，却不住地哭着。她第一次在长辈面前失态地朝爹喊叫："爹，我也是你女儿，一年只见得你一面就算了，我知道你不喜我。可和表哥从小就定下来的人是我，您年轻时负了我娘，如今又撺掇着表哥负我！娘哪里不好，我又哪里不好？你何曾拿我和哥哥，当作你的孩子！"

爹像是突然被击中了，身体晃了晃。他没想到，大妹妹对他竟有着这么深的怨念。他以为爷爷奶奶和娘，还有那一大群仆人会把我们照顾得很好。但是不知道的是，我们有多想念他，就有多怨恨他，怨恨着我们的小妹妹。

末了，爹说："纪家唐家世代为婚姻，也不过是因为那云锦。就把那方子传出去又如何？全苏州城都织得出云锦又如何？若不是这云锦，我也不会落得如今地步，我也想念爹娘，我也不想独居。我也宁愿，不是纪家人。"

大妹妹仍旧啜泣不止，爷爷和外公气得胡须都抖起来。我倒是盼望着小妹妹嫁给表哥的，这样有了先例，说不定我也不用娶表妹了。

可无论如何，唐家的正妻只能姓纪。而纪家的正妻，也只能姓唐。

眼看小妹妹的肚子越来越大，总归也是唐家的骨肉。表哥和家里便各退一步，挑了个日子，把小妹妹从侧门接进了唐家。像是个世代为妾的咒。而大妹妹大婚那日，八抬大轿把妹妹从纪家抬到了唐家大门。像是下了场血雨，入眼尽是大红。那一日宾客络绎不绝，像是全苏州城的人都来了个遍。还来了好多的"白鬼"，那些皮肤惨白的洋人。温笛也来了。温笛家也纺布，只是她家什么布都纺，不像我家。

我也觉得温笛穿着的那条裙子，那条大裙摆的棉布裙子，是我见过最好看的。

云锦那样滑腻的触感，我早就厌烦了。

我一边跟着招呼客人，一边想着快点溜出去找温笛。这边吵得我几乎不能忍受，而小妹妹的偏院，冷清得像是单独隔离出的一个世界。

那一瞬我是有些可怜小妹妹的。在那件纷乱的事上，我并没偏袒谁。可毕竟同我一同生活十四年的是大妹妹，其中的感情，小妹妹自然比不得。

可我还是可怜起她来了。

后来的事，都是道听途说来的。听说大妹妹嫁去没几个月，小妹妹就掉了孩子，也因此伤了身，说是近日都有些咯血。其中的原因心照不宣，只是大妹妹是纪家的嫡女，婆家更是她的亲外公，亲舅舅，又好说些什么呢？全家上下都敬畏着大妹妹，也自然要跟着苛待小妹妹。从家里带来的几个体己丫头，还体什么己呢。

于是小妹妹的身体日渐坏了下来，命像是从她的脊背一点一点地滑走。终是没能挺过一年，便殁了。爹的头发也一夜之间白了，他抱着小妹妹尚且温热的尸体号啕大哭。可即使小妹妹死了，我仍然在身旁的大妹妹眼中看出了浓郁不化的嫉妒。是嫉妒一具尸体都能从爹那里获得更多吧。我也嫉妒着。

而我们没想到的是，自小妹妹死后，爹竟疯了。他在纪家染坊大闹了一通，听说毁了不少的云锦。口中还始终念着云锦害死了小妹妹，云锦害死了小妹妹，云锦害死了他。

如今爹在偏房里住着，喂食要管家老爷制住他，才喂得下去。不时哭喊又笑开。只是怎么也不肯穿那云锦。

而表哥也如那尤二姐死时的贾琏，说着，我定为你报仇。

那誓言像那冬日雾气，出口，便散了。

小妹妹的死，终究是被人彻底忘却了。一次我心血来潮，去看了眼小妹妹的坟头。简陋的碑已歪斜，连那烧剩一半的纸钱，大约也是别人家刮来的吧。爹疯了之后，小妹妹的娘也不知了去向。谁知是走了，还是我娘，或是爷爷，或是外公，又做了些什么呢。

小妹妹生前，我是始终嫉妒着她的。爹笑起来很好看，简直是我见过最好看的人。而爹从未对我笑过。他每次回大宅，总是无休止地吵着，和娘吵，和爷爷吵。幼时的我，就躲在柱子后面。即使是吵闹着，我也要看。

毕竟爹这次再走，又不知何时才能见到。

后来我也大了，柱子也不再藏得住我，便也没心思偷看。凭什么我和大妹妹只能偷看，而小妹妹却能拉着爹的手，被爹高高举起呢？她为什么要抢走我们的爹呢？

逝者已逝，生者奈何不得。那些嫉妒，不甘心，甚至仇恨，也都跟着小妹妹的尸体一同埋葬了，腐烂在了黑暗无边的地底下。我扶正小妹妹的碑，买了些纸钱烧了，也不知她到底收不收得到。

那时小妹妹的死，似乎我是唯一一个为她惋惜的人。而如今，我只觉得，小妹妹早死，更少吃了苦，也好。

那年我十七，表妹佩云十四。家里便张罗着要给我们成婚。我不想娶佩云，一点也不想。这么多年，我还是喜欢温笛。我就是在这一刻彻底原谅爹的。若我与佩云也有了孩子，对于那孩子，恐怕我也很难喜爱起来吧。

我说："温笛，你带我走。"

当时不如今日。当年的留学生都是贫苦人家的孩子，决然没有几户人家是愿意将孩子送到蛮夷的。听说那些"白鬼"都吃人，还有甚多的妖术道具。但我倒是觉得，那"白鬼"的生活比我们还要讲究得多。

然后我和温笛，逃到了温笛的家。

第一天登陆只觉满天雾气，便觉倒霉，却没想到一个月里这雾接连不断。温笛说："这是英国，英国就是这样。你要习惯。不然就要回到晴朗的东方，娶你的表妹。"

那段日子是苦的。不敢同家里联系，就只得自己赚钱，做过很多工作。素来习书，双手细嫩得像女子，体格不甚壮，就如许多年后杜拉斯《情人》的主人公。但我至少是比他要强的。

所以我才会逃亡。

我不过是通过海洋到达了另一个国度，却像是通过了时光隧道，到达了几百年后。

我本以为那瓷只有本国才有，是始终值得骄傲的物品。然后在我打工的咖啡店里，乒乒乓乓整日不绝于耳的瓷器敲击声，敲碎了我最后的一点骄傲。

西方女人符合我的审美。高个子，眼睛深邃。我幼时便是被温笛的蓝眼睛吸引住的。那是我第一次见到黑色之外的眼睛。现在我又发现了绿色，浅褐色。

黑色的眼睛像是黑夜，蓝色的眼睛，像是一面湖。

于是我便开始了异国他乡的生活。语言渐渐通晓，结交到新的友人。偶尔到彼此的住所交换各种菜式，我自然总是带着温笛去的，温笛的中国菜比我做得好太多。这里并无人向我作揖，也并无人叫我小少爷。我早就剪掉了头发。可这头发稍长些，便要修剪。几个要好的男性便互相练起手来，好几次都根本没法子出门。

我也仍是欢喜的。

温笛和我的友人们说："不，你还不甚懂英国。"

可在我目之所及，已然是我从未想过的自由。

也遭遇过诸多不公的事。打夜间工时，有个少妇想同我发展，我自然是拒绝的。温笛那么聪明，我根本瞒不过她。况且我这样忙，读书，同时打几份工，不然就拮据得无法度日。而那少妇的权力竟大得惊人。我工作的地方都纷纷辞退了我，最终还是靠温笛开口求她的哥哥帮忙，才重新为我谋到了差事。也有过在夜路无故被当地人殴打的经历。可与之相比，更让我无法接受的，果然还是静止在另一个时空的，我远在东方的家。

因此在温笛产下我第一个女儿的时候，我才回了家。

我女儿眼睛的颜色，是湖水一样的蓝，仍是那直入我心的颜色。时隔多年重新见到母亲，她仍那么明艳。只是脸色泛了黄，皮肤也松了。只是未曾想，自我离家出走，为了给唐家交代，便把表妹接到了纪家。即使并没成礼，也是被叫作少夫人的。温笛并没有丝毫的不高兴，她知道那并没有什么用处。她也根本不理解，为什么两家人要这样自欺欺人，逼迫着结成一对又一对的悲歌。

但我总是回来了。母亲的手段我是清楚的。我放心不下温笛和我的幼女，就在外面另谋了住处。舅公家闻此，时隔多年，总算又逢了我，便找上门来，非要我给表妹交代。于是我便同我的父亲如出一辙，净身出了户。

我那疯父亲，仍认得出我。母亲待他并不甚好，甚至有些报仇的意味。见到我时，他显得很高兴，初见我女儿，他也伸出手指来戳她的蓝眼睛。我看着幼童般的父亲，想着如此，恐怕就是最好了吧。

我一回国，便将云锦申请了专利。那是我在英国探到的。申请了"专利"，便可以一直出卖技术。真是个天才的制度。若当时我们也有这样的制度，会少了多少只因传给血亲而失传的技术。那便不再是秘方，盈利也是以前的几十倍不止。母亲和舅公家都暴跳如雷，听闻此消息，母亲甚至直接昏厥了过去。她昏过去时的样子，就像一根紧绷了几十年的琴弦，终于得以断裂。她再醒来时，眼里再没有了曾经的明艳。她的巴掌轻轻落在我脸上，扭过头不愿看我。我将账本放到她眼前，她又撇过头去。

"不，不只是利呀。我们唐家和纪家的招牌，你，怎么能……"

那是我为数不多地看到母亲哭泣。已然上了年纪的她，一病之后，更加迅速地衰老了起来。舅公家几次来闹我的染坊，或将我抓起来。但外公总是舍不得我，只是我叫他外公，他也不再应。

在我年末给唐家分利的时候，即使拿到了比曾经多出十几倍的利，他们仍是不愿的。我也不愿再和他们争辩。如此相安无事，便了了罢。说服母亲尚且不易，可那云锦毕竟是唐纪两家的，我每年分给他们，我于心也无不安。

然后我对我的幼女，如同爷爷对小时候的我，念叨着同样的话：

"全苏州城的人，穿的都是我们纪家的云锦。"

猫的女孩

文 ♦ 江绎如

第二十一届全国新概念作文大赛二等奖获得者

阿衡瘫在沙发上，不情不愿地环顾四周，然后站起身来，准备出门了。

不过出门的障碍并不少。放眼望去，从沙发到门的那五米，地上歪七扭八地躺着她的猫们，还有她前几天刚从好莱坞带回来的和她的猫差不多高的小黄人。但她显然不想收拾。

"乖一点啊，你们，"阿衡把地上的一只猫踢了一脚，边感受脚上猫的余温边吩咐，"我出去买饭，一会儿就回来，不要动我的东西，我的东西都很贵的。"

"不要太苛刻了。"说完上面的要求，阿衡却突然听见了这么一句话。这里应当没有其他人的，这个声音一出，竟似可可西里的枪声般令人心惊。阿衡的心猛地一跳，肌肉绷紧，抬起头来细细辨认声音的来处。

不过,那一声之后,房间里又恢复了寂静。

不知过了多久,阿衡确定再没有声音,松了口气,继续踢开地板上的猫,拿起钥匙,开门离去。

松木的门关上,发出厚重低沉的"咚"的一声,接着是越来越弱的脚步声。

经过这些年的砍伐,松木已不多见了,质量也差,并不隔音。离门最近的猫丹一竖起耳朵,抬了抬头。随后,趴在房间各处的猫都竖起耳朵,抬了抬头。

等脚步声弱到听不见,丹一站起来,仰天竭力大声喊:"Entertainment begins!"猫的声音小,就算竭尽全力也没多大,不过房间里的猫还是都听到了。他们站了起来,冲着丹一的方向齐齐低头行礼。

"好的,陛下。"所有猫齐声道。

丹一威严地扫视了所有的猫一圈:"都到了吗?丹二?丹三?……丹八?"被叫到名字的猫一一应答,并没有猫对这些名字感到不爽,因为阿衡给猫起名就是这样省事,它们也不会改,便只好如此。

"今天我们要给丹八过生日。"确定所有的猫都到了之后,丹一宣布。

听到今天的娱乐指令,下面有几只猫现出了犹豫之色,怕丹一看见,偷偷低下头去。

丹一的眉紧紧皱着,抿出几道极深的纹路来。她叹了口气,开口:"我知道你们在想什么,可大家要清楚,现在早不是那个人和动物平等的时代了。现在人类想拿我们怎么样就拿我们怎么样。"

"那就忍了?"一个反驳的声音出现,是年纪第二小的丹七。

"不忍能怎么样呢?"丹一反问,这个反对的声音显然使她分外不爽,"你想做什么?"

"我们能做很多事啊!不然丹八的生日蛋糕是谁弄的?阿衡买饭绝对不考

虑我们，陛下您又不是不知道！"丹七的声音越发高了，全身绷紧，脖子上的毛已然竖起，随时可能扑上去。

"小七！不许这样跟陛下说话！"丹七的妈妈丹三高声喝止女儿。

丹七愤愤地盯了母亲几秒钟，脖子上的毛慢慢回落。此时，丹八和母亲丹二一起将生日蛋糕推了出来，这是一个单层蛋糕，但看上去和双层蛋糕一样高，不过只有铁板大小。

丹一迎上去接，笑道："来，这是丹八的第一个生日，我们祝他生日快乐！"然后接过笑脸盈盈的丹二手里的刀，象征性地划了一下。

猫们自觉地围成一圈，没猫去动蛋糕。

如果阿衡此时回来的话，一定会为眼前的境况感到震惊。唯一被带出去过的丹一想，人类总说他们是什么高级动物，天天跟能统御世界似的，却不知道到底谁更好些。依她看，猫比人强多了。比方说，就谁是陛下这件事而言，人类需要打打杀杀，而猫不用，谁最年长就是谁了。

她的目光瞥到了丹七，这个最闹腾的小姑娘。刚刚她说得很对，不过呵斥她也是必须做的——何须猫们做什么，人类会毁了自己的。

屋子里充满欢乐的空气。"拉起手唱起歌跳起舞来，让我们唱一支友谊之歌……"不知是谁轻轻哼起旋律，猫们围着蛋糕动了起来，有的晃，有的跳，有的举着爪子在空气中挥手，脚步声将树叶震得跟着节拍微微晃动。

突然，远处传来轰隆一声巨响，直震得猫们站立不稳。还没等它们站稳，地开始剧烈地晃动。吊灯砸了下来，正砸在蛋糕上；相框、电视、收音机纷纷从架子上坠落，激荡起蘑菇形状的灰尘。

"大家快躲起来！"丹一喊着，率先钻到了茶几下，其他猫纷纷照做。

大约几十秒后，地面停止了震动。

丹一从茶几下钻了出来，环顾四周。房子几乎全毁，只有几只拖鞋和一个

猫窝还露在外面。

猫们跟在丹一后面，无一例外地在瑟瑟发抖。

"这……是什么？"丹七的声音也在发抖。

丹一沉痛地望着四周，沉沉道："这叫惩罚……人类总想凌驾于一切之上，这是对他们的惩罚。"

"什么？"丹七未及细想，又听到丹一的指示："大家快躲到窝里去，那些拖鞋里也可以。"

被吓傻的猫们只会团团转，听到指示，像找到救命稻草般照做。

也不知道阿衡怎么样了。丹一想。但她并没有想太久，因为她听见熟悉的脚步声由远及近，是阿衡回来了。阿衡手里拎着装食物的塑料袋，看着姿态各异的猫们，瞪大了眼睛，不过她的目光只在猫们身上停留了一瞬便移开了，显然在打量房子，估算损失。

"谁是谁的主人呢？"丹一看着阿衡，心里默默叹道。

嗜睡

文 ♦ 单三

第二十届全国新概念作文大赛一等奖获得者
第二十一届全国新概念作文大赛入围奖获得者

"那一个瞬间,我能感受到自己正躺在那张被我布置得有些柔软的床上,我在梦里清醒着,我甚至在看到略微透进了一些光的房间时感到了惊讶,此刻的我正以上帝视角审视着一切。我不能控制自己的身体发生移动,我侧躺着,手枕在脑袋下面。有奇怪的声音从我的身体里发出,又因固体传导进入我的耳朵。砰,砰砰砰砰——细小的,混乱的,有点像夏天院子里那个男孩用肥皂水吹出的泡泡,彩色的球体在半空中炸裂,砰,砰砰砰砰。

"我突然间想起初二生物课上,半秃的老师用教棍敲着黑板强调,人体的细胞每时每刻都在死亡和分裂,然后我拿着绿色的荧光笔,在那句话上画了条粗粗的线。我之所以对这件事有着深刻的印象,是因为老师的那句话使我产生了一个不大不小的疑问：是不是我们自身每时每刻也都在死亡和分裂？是不是我们的记忆和感情也会随着细胞的死去而永久地被封存，我们每时每刻都在失忆和重生？

"这真是一个浪漫的问题，以至于多年后的梦里我竟如此浪漫地想起了它，不止如此，我甚至开始浪漫地以为，那些从我身体各个角落传来的奇怪的声音，正是成千上万的细胞在自我膨胀，互相拥挤，然后破裂。"

"我放慢了呼吸频率，努力分辨着其中的哪一部分来自手指，哪一部分来自心脏。砰，砰砰砰砰——我的脑海里满溢着这样的声音，光一点点涌入房间，我被这场嘈杂的梦吵醒了。"

当我从这场长达四小时二十三分的深度睡眠里醒来时，已是下午六点过半，我努力地睁开依旧困倦不堪的双眼，梦里的场景继续流畅地在我脑海里翻

江倒海般地复演，我剧烈地头疼。

最近状态很奇怪，总是困乏、疲倦，像是承受了来自身心的同等沉重的两份无力感，于是索性任由自己睡过去，又发现醒来变得异常艰难，而且奇奇怪怪的梦会在这段我自以为的自我修复时间里闯进来，生动且完整地闹一场。如果说嗜睡真的是一种严重的疾病，我怕是在这一星期里早已病情恶化、病入膏肓。

我试图反思过造成这种状况的原因，但事实上这几天里我并没有经历什么意外。我的爸爸妈妈每天都很规律地上班下班；爷爷奶奶住在几公里外的另一个小区里，依旧每天晨练和跳广场舞；弟弟养的狗也安安生生地躺在地毯上，不时地发出几声欢快的嚎叫。唯一破坏氛围的事情是我上周末在海底捞里被男

朋友提出了分手，但我其实没有那么难过，也许是三个月的感情并没有在我这个无情的女人身上留下什么值得难过的印记，我吃完了那顿一个人的火锅，一直到临走才知道那个浑蛋竟然没有为这场分手局付钱。

回到这场梦。

我一个熟读《周易》的好友总是"传销式"地向我们灌输梦的无上价值，理所当然地她成了我们小圈子里的御用解梦师，并且凭借优良业绩有了一个令人尊敬的称呼——"张半仙"。其实像我这样坚定站在科学主义阵营里的积极分子之所以偶尔也会墙头草般地倒进"迷信"里，主要还是因为她不收钱。

而且凡人嘛，总归有些期待和幻想的。

所以我把上面的那些文字发给了"张半仙"，她很快回复了我：

"你说'砰，砰砰砰砰'像是细胞破裂，我觉得你的想象力很有意思，看上去也有点像枪声、像地雷不是吗？按你理解的来吧，这样可能答案更接近于你自身。细胞在死去的同时又会有新的一批被分裂出来，那将是一种什么样的声音呢？我猜想那应该是一种更圆润、更连绵、更黏稠的声响吧，类似于'咕噜，咕噜噜噜噜'？可是你没有听到。你的耳朵里只有衰败、萎缩和崩溃，而新生的那些在你的身体里隐匿着、静默着，它们被消了音，只留'砰，砰砰砰砰'扩散、放大。这多像是一种浪漫的惩罚，'浪漫'这个词你用得还真不错，不过好在你曾犯下的错误还不至于游街示众，因为很显然，只要你不说，就不会有人知道你在梦里经历了什么。"

看起来像模像样的，这么长一段话居然一个错别字和一个不合适的标点都没有，好像很严肃认真的样子，我差一点就全都相信了。至于差的那一点，是因为后来"张半仙"告诉我，在打这段字的时候，她正慌忙地给刚打开的那桶泡面撒调料——什么有的没的，填饱肚子最要紧。

不过她的话还是让我想起了前几天偶遇的一个人，那是我的上一任男友。

之所以跟他在一起，是因为他爱我，准确地说，是他很爱我，他把我爱吃的一切买好放在屋子里，他纵容我的粗心和懒散，他把一切打理得很好，而我唯一要做的，就是留在他身边好好生活。可我还是没能做到。我们发生了一次争吵，我义正词严地表达着我生气的理由，义正词严地指责他，好像以这样的姿态我就能说服自己，问题在他，他应该向我道歉。你看，多硬气的自欺欺人。

后来分手时我们相对坐在咖啡厅里，他说："虽然你不喜欢我，但是我愿意等一等你，等我不再对你心存念想了，我就从微信列表里把你删除。"他说话的时候我正看着杯子里的那个抹茶绿的心渐渐晕开，落入咖啡里，然后我就笑了。

这样的话，是不是只有某天我忍不住思念给你发去一句消息，然后发现屏幕里有了红色的感叹号，它告诉我你已不是我的好友，或是你拒收了我的消息，我才能知道你已经把我删除掉了呢？——这话我当然没有说出口，我不能在已经很愧疚的场景里再质问他："你是不是还期待着我可以给你发句'最近好吗'，然后旧情复燃？"这很幼稚。

前几天我遇到这个曾对我说出如此幼稚的话的人时，他穿着浅灰色的西服套装，多了些沉稳的气质。他看见了我，和我对视，然后从手提包里拿出了车钥匙，从我身边经过，打开车门，关门，像是不曾认识过我。我开始真的想念起他，差点忘了，今天是情人节。

我又扯远了。

持续一周的精神恍惚里我做了太多这样的梦，我梦见过骑自行车送奶茶的十分帅气的小哥哥、在机场上空盘旋了四十分钟没有下落的飞机，以及有一天我因太久不愿讲话而真的变成了哑巴。

我梦见过一列开往上海的火车，经过隧道时光线骤然灭掉，我看向窗外，在那片厚实的黑暗里透过玻璃和过道对面另一侧窗边的男人发生了对视。

我梦见过一个"失去双腿"的乞丐，坐在学校门口的那个地铁站里，天色渐晚之后他掀开了身上厚重且破旧的被子，解开了绑在腿上的绳子，收拾好了摊子，走过一个拐角，在另一个乞丐的碗里扔了一个钢镚，然后从我身边走过。

　　我还梦见过一个老旧的屋子，看起来有点像爷爷年轻时住的那间教师公寓，电视还是那种小而笨重的，不断播放着台风即将来临的紧急预报。后来暴雨倾泻，窗玻璃瞬间被雨水洗刷，模糊一片，蜿蜒的水迹流淌，仿佛下一秒玻璃就会破碎，连同雨水和斑驳的天空洒落一地。我给妈妈打了电话，我说："妈，台风来了。"信号在那一个瞬间被掐断，我站在窗前。

　　即使面对每一次醒来时无法抗拒的困倦，我依旧无法克制自己在那不清醒的几分钟里对刚刚过去的梦境进行回忆和思考，它们凭空而降，落入我的意识，它们并没有像往常一样逐渐涣散，而是清晰地、完整地陪伴着可能身患"绝症"的我，它们中的一部分情节甚至被我写进了我那些被搁置很久的小说，为我赚取了一笔不少的稿费，我甚至差点就以为自己真成了"老天赏饭"型的选手，理所当然地消费着天上掉下的灵感。

　　我该感谢它们的。也许"张半仙"说得对，梦境和现实多多少少会有些微妙的联系，有的人靠着梦境窥视生活。也许我单调生活中的某一个点也会在虚幻的梦境里放大、放大，直到它的每一个毛孔扭曲地挤进我的视线，把我惊醒。我该感谢它们的。至少它们只是给了我一个浪漫的警告，而没有让我走路时被某个台阶绊得"五体投地"，或是说某情敌的坏话时正好被她听到。

　　不过我还是不会给前男友发出那条验证爱情的消息的，在这个诱人的夜晚，我再一次躺进被我安置得有些柔软的被窝，选择了又一场深度睡眠。

　　恍惚间好像发生过一场对话：

　　"我吃完泡面了，你想清楚到底得罪谁了吗？"

"我得罪了睡眠。"

"哈哈哈哈,那是你热爱自由的灵魂被干涸老去的肉体禁锢太久了。"

"……"

"明天出来陪我逛街。"

"好。"

也许是真实发生的吧,我确实想在明天可以有一个早起,弥补一下这些日子里因梦里的繁华而被冷落的许多个不那么浪漫的早晨、下午和傍晚。但我总觉得,这么高级的表达,"张半仙"只有在梦里才说得出来。

慢下来的城市

文 ♦ 老奔

全国新概念作文
大赛二等奖获得者

"我以前写关于你的东西,总喜欢用歌德那句诗——若我遇见你,事隔经年,我将何以致你,以眼泪,以沉默。"

"是拜伦。"

"是谁都行,只是我现在遇见你了,我不想流泪,也不想沉默……我只想叹息。"

"叹什么?"她问。

"这诗以前出现在文章里,现在出现在生命里。"

我见到她短短数秒,脑海里已经把上次见面的场景反复揣摩,像是导演前后切换镜头——我屈单膝坐在她面前,说着:"我还是得再多看你两眼,以后或许就再也见不着了。"

这话我此刻竟还是忍不住想再说一遍,毕竟,或

许以后就再也见不着了。

"陪你，真的是件很累的事，你过得太认真。"

"我遇见你的时候、追你的时候，也不是没傻过。"可能是我酒劲儿上来了，能感觉到眼睛里润泽起来了。

我时常八九点钟醉倒在公交车站的座椅上，耳朵里插着耳机，音乐的声音搭配着车来车往的嘈杂，就很像那几部描写城市的电影了。这个世界越是丰富，置身于这个世界的人也就越是孤单。这是我大一的时候想出来的道理，我到现在还是相信着。

或许是因为一个人过得久了，很多其他的道理参不透，但是那种所有人都走得很快，我一个人过得很慢的感觉，在我心中萦绕不去。

明明讨厌一个人，却又偏偏依赖一个人，这样的生活方式伴我思考，走不脱，想不透。

"我也从来没说过要你花多少时间陪我，再说，你也从来没陪过我。"

"算了……再来纠结这样的问题，也没什么意义了。"她也学会了向人妥协，早已经没有了那时候机敏、灵气的一面了。

"上次见你，到了最后，我把话说得那么沉重，你只是随便笑笑，又轻松又冷漠的。后来我一个人走回去，心里问自己，这或许就是最后一面啊，为什么你连认真看我一眼的态度都没有。"我知道此刻我已经有些压抑不住心底所迸发出来的情绪了，就是那种，过去被我自以为是的麻木所掩饰的情绪。

她咬了咬牙，别过脸去，把酒杯放到嘴边，呆滞了很长时间，抿了一口："我那时候，不懂。"

"不懂个鬼！"我讨厌这样的推卸责任，"你心里什么都懂，我……"然而可恨的是我一时之间怎么也找不到话来指责她，或者说，我从来不懂怎么去指责别人。

"你以前从来不说粗口,有时候,我在那儿说这也不好那也不好,你就只是斯文地附和我。"

"可是现在不一样了,那时候是有原则的。"我这才无奈地附和她,"或许你那时候真的不懂吧。"扯淡,我心里这样想着,"也没事儿,反正已经走到今天这个地步了。"你走过来了,而我还没有。

"我没走过来。"她说这话,让我吃了一惊,"我以前确实不懂,不懂生命里每一个人对我的重要性,一直到后来,我遇不上以前的人,也走不近身边的人时,我才明白你那时候的心情。"

"我十九岁懂的道理,你到二十二岁才明白了。"我语气里带着嘲讽,心里却是无尽的悲哀,不断指责这怪异的缘分,为何该懂的人,成长得那么慢,过去很多事情上我本该幼稚,偏偏给了我从未索求的成熟。

但是我从来没怪过她，只是我没能等到她看到我的好。

那是我第一次坐在公交站台，安静地看着这吵闹的城市。我心里累得连让嘴巴笑笑的力气都没有。我以前听闻，心会累，是因为想太多，道理谁都懂，但谁都做不到，几年后，我醒转过来，心不累了，就死了。这道理我终究还是明白的，可惜自己明白的道理，总是说给别人听的，对自己总没用。

"以后或许就再也见不到

了。"这样的话，我明白这其中的滥俗，但是仔细想想，滥俗的东西，放在生活里，就是如此嵌套，人喜欢看剧，不也正是因为剧里边的台词正是自己心里想说的吗？

曾经有一年，我十分悲痛于自己不佳的记性，过去的事还没抓住，眼前的就没了。那时候我回到乡下，小时候走过的路、叫过的人，我都忘了。我终于明白为什么哲学家要思考生命的意义了，但是这意义究竟是什么，我和所有人一样，都没有想明白。

我也还是明白不了，现在再遇上她，意义何在。

"你还写小说吗？"我听得出，她这话带点期待。

"大一后来就不写了。"

"你那天走的时候，就是大一。"

"我也想继续写点东西出来，写点关于你的东西，但是做不到了。"

她双手扶着额头，手肘顶着桌子，一副很伤怀的样子。今天是小寒，我们两个人坐在外边，就只为这几杯酒、几根烟、几句话。她一个女孩子，我为她感到不值，自己却觉着很值，至少我看到了此刻她真正悲伤的样子。

年少时的我觉得女孩子很神奇，至少我遇到的女孩子，对待我的感情可以很冷漠，她们成熟得很早，不想要的从不接受，自然也从不同情我。后来见的人多了，我才明白，原来她们只是对我冷漠而已。

一步步走来，一点点看过，当我终于见到她悲伤的时候，我心里却多了一分幸灾乐祸。这些年我一直在埋怨，埋怨一步步走向失败的人生，埋怨一天天步入孤单的性格，终于啊，看到一个原本我得不到的人在我面前孤单伤感，我知道了自己还有伴儿，这也挺好。

人难受的时候喜欢酗酒吸烟，她也一样，不知不觉，她已经喝到两眼通红了，却还准备继续。

我嘴巴上劝着："慢点，我又不跟你抢。"心里想着，最好今晚就喝死你。

"我也有……一个人坐在阳台，翻着手机通讯录却找不到人说话的时候……我有很多朋友，交流起来一点困难也没有，只是说的话，说不进心里。"

"我们都垮了。"

"我家里人对我说，二十几岁的年纪，都会有这么一段迷茫的，结婚了就好了。但是我不知道为什么，一边想要快点摆脱这段时光，一边却觉得这段时间等以后想起来，会不会也是很宝贵的。"

"不说其他的吧，我们有没有以后，还是个问题。"我终究还是说出了我的实话。

我身边很多人说早就对生活不抱希望了，但那是口是心非，毕竟他们还努力活着。我不一样，她也不一样，她已经活得不努力了，我已经努力活过了。我们就只是活在这座城市里，不带一丝青春激情。

"我的心现在跟这晚上的城市一样狭隘。"只放得下我自己。

"有那么几次，我还真的希望你什么都没变，尤其是你以前说要把真心给我时的那种真诚。"

"可我那时候也真没意识到这句话的分量，早知道，我就不说了。"此后的几年里，我明白了热爱生命、糟蹋生活的道理。

"我想找你的时候，却没办法找着你了。"

"那天走后，我把很多关于你的东西都删了，QQ、微信、电话，列表里放着难受，看着碍眼，删了又有点后悔。但我也知道，以后的你，走进自己的人生，会遇上你爱的人，会忍不住想让很多人看到。自媒体时代太残酷，我想看到的、不想看到的，我都可能看到，我怕看到你和你爱的人会让我难过，尤其看到你幸福。"

"贱人。"

"这是我尊重自己的方式。"说完这话,我心里终于愉悦起来了,虽然是内心麻痹之下的愉悦。

"好在我过得不好,也算是我为你做的一件善事了。"

从什么时候开始成了一个人,我真的已经忘记了,只记得从某天开始,生活失去了重心,做人没了原则。

上了大学后,才渐渐变得迷茫。这也难免,偌大一个世界放在眼前,怎么能不怕呢。原本规规矩矩的生活,突然变得不规矩了;原本没有选择的我,有了选择的余地——这真的很要命,这是没有准备好起飞的小鸟突然有了自由的感觉,这天空不是飞上去的,而是掉进去的。

后来我听"后摇",眼前尽是骚动的人群匹配悲伤的背景音,而我自己,失措在人群之外,指天骂地。我不知道是在骂这个世界,还是在骂自己。

黎明前最后一点黑夜,路上终于开来了一辆大货车,碾压着原本已经出现裂痕的路面,携带起一阵尘土。我拼命吸着,毕竟这也算是这一晚最后一点慢下来的时光了——真做作。

我不知道她什么时候走的,但心里还是那句话:这一别,说不定就再也见不着了。然而我觉得她好像还是没认真看过我一眼。

"老板!"阳光把我人打醒,却没让我的脑子变得好使,"钱……你找那女的要……"我忍不住又犯了一阵恶心,耳朵有些不好使,但恍惚间仿佛也听到——

"神经病啊你!这一晚上就你一人儿絮絮叨叨,完了还不想给钱啊?"

"啊?"感觉时间瞬间又变快了。

Part 4

老巷的桂花树

沉睡
老巷的桂花树
风吹榕树街
凌晨
西洲曲

沉睡

文 ♦ 猫吃带鱼

全国新概念作文
大赛二等奖获得者

现在已是凌晨四点半。男人双臂摊在阳台栏杆上,一只手夹着才被点燃的香烟,双目呆滞,视线并无焦点,嘴角有不频繁的抽动。没有风,他的头发纹丝不动,烟头冒出的白雾也没有肆无忌惮地乱飘,近乎直立而上。他注意到天边已经泛起微弱的白光。他保持这个姿势站了约莫十分钟,似乎丝毫没有对温度逼近的感知,仅仅是刚刚那一瞬间才感受到指尖被灼烧的疼痛。他松手扔掉烟头,看着它坠入空花盆里的湿泥土中,那里面还躺着不少发黑的烟头残骸。他似乎想把烟头种成一株植物。他终于直起身,腰部这时才有明显的酸痛。许久未运动且生活散漫无规律的他腰腹间已经略微有赘肉,那层皮下脂肪随着岁月逐渐变厚,却能完好无损地隐藏在他宽大的白色T恤里。他返回室内,拖着步子在客厅走了三个来回,借此消除不适感。他走进厨房，热了半杯昨天剩下的墨西哥黑咖啡，和着柜子里的白色药片一齐大口吞下。他感受到自己喉结的上下移动，听见与液体碰撞时发出的声音，它们应已经被冲进了胃里。此时虽是夏末，潮湿而闷热的时节，但手脚四季冰凉的他仍旧每天喝半杯热得滚烫的黑咖啡。这会让他觉得温暖，全身上下由内而外的温暖。

毫无疑问，他知道自己又做梦了。已经连续一周，每天晚上他都做相同的梦，一模一样的场景，人物，对话，结局，连她转身离开前夺眶而出的第一滴眼泪在脸上滚动留下的印迹都如出一辙，是从她的左眼角往鼻梁走约莫三分之一处开始，沿着脸的曲线流至下巴，没等它滴落到地上她便转身了。他静默地看着她的背影由漫不经心的远离到突然间开始奔跑，他眼里那辆来自右手边的大卡车她似乎看不见，连轰鸣的发动机声响也被她忽略，于是她在他前面约十米远的地方变身一朵妖冶的红玫瑰，铺天盖地的花瓣似乎都特别喜欢他，它们飞过来拥抱他，直到他感到眼前漆黑呼吸困难——一睁眼，他看见黑暗中天花板上的吊灯以一种审视者的态度居高临下，他额头密集的汗珠滚落，浸湿了枕头。

这一模一样的场景在他的梦里循环往复了好些天，只是梦里出现的那个女人，他始终未能记起她的脸。她是他认识的人吗？是他爱的人吗？自己爱的人自己怎会不认得呢？她似乎就像一种迹象，存在于他最为脆弱浅薄的潜意识里，从出现到消失都是匆匆，每天夜里在他的记忆里埋下疑惑的种子，随即转身走掉。他为这莫名其妙的梦境深感疲惫无力，但无法做到屏蔽而不受影响，他已经失眠好久了。

墙上挂钟的时针即将指向五点，还有一个半小时他就要出门奔赴新的一天。他工作的地方在距离家两条地铁线十六站的地方，他每天六点半从家出发，到楼下的摊位买奶黄包和黑米粥当作早餐，偶尔会是酱肉包和黄豆浆或者其他的什么。他没时间坐下来吃，也不喜欢在路上匆匆解决，于是便提着热气腾腾的食物挤地铁，从一号线换乘到四号线。每每他走到公司时塑料袋中的食物早已冷掉，没有微波炉，于是每天早上他就吃冷掉的食物。

七点的地铁早已人头攒动，整个城市像个巨大的熔炉，视线所及翻腾起伏的是人们无处可藏的倦容，耳边充盈着地铁在地下行驶时发出的令人不快的声响。灯光闪现，人们只需微微一抬头，定神半晌，便能看见玻璃窗上自己惨白无光的脸。有女人涂上鲜艳的口红，脸颊扫了几笔淡淡的胭脂，试图让自己看起来精神一些，只是厚重的眼袋根本无法在脂粉下销声匿迹，也许她们是知道的，但很多时候自我麻痹比真相更重要。在地铁里无须手扶把手，人太多，太安全，他不会因过于疲乏而没站稳导致摔倒。在这二氧化碳浓度极高的人群密集的场所，他常常感到眩晕，为这黑压压的人群和玻璃上映出的陌生的别无二致的脸和浑浊而厚重的略显温热的空气，他甚至不止一次地觉得自己下一秒就能睡着。只是当他这么以为的下一秒，却被脑中刹那间闪过的昨晚飘荡着红玫瑰花瓣的梦境怔住，随即睡意全无。

他觉得有些累，自己无论如何冥思苦想也记不起她的脸，明明这多次的重复让他连细节都在意得这样刻骨铭心，却依旧无法辨别。他暗暗地意识到，若不能真正地知道她，这个梦应该不会消失。他并不愿意长时间莫名其妙地失眠，这是在消耗生命。但一想到自己对此着实无能为力，毫无信心的他似乎更累了。

他在拥挤中艰难地抬起手，拉开公文包最外层，以一种奇怪的姿势摸索着那一小瓶装有白色药片的塑料容器，再单手完成把瓶盖打开、把药片抖入手心、将其扔进自己的口中这一连串动作。这时他只需要用舌头稍稍用力便能够让药片顺利地随唾液滑入食道，不喝水也能吞下去。他常常为自己这一套连贯而标准的动作沾沾自喜，长期训练下养成的习惯是别人一时间难以学成的，他能让自己在哪怕如上班高峰期时候的地铁这般拥挤的环境下仍旧可以顺利地服药,这样的自救往往及时有效。他目前还没遇到第二个和他一样能够做到这般地步的人。

想来自己也许太过勤勉,持久的兴奋需要用药物来控制,他不想在不是家的地方倒下——因为他知道这样的倒下和尚有意识的踉跄完全是两码事,这样无意识地倒下就算有再多人推搡阻挡也无法敌过地面对他的吸引,他终会沉重地与地面碰撞,只是这细微的声响会在地铁的隆隆声中全身而退。这时候没人愿意把倒下的他拉起来,他们不愿意弯腰,不愿意伸手,这样的行为在这般拥挤的环境中会给自己造成诸多不便,他们自觉已经尽力了,如今只能尽量不去刻意地踩他的脸,至于究竟有没有踩到却并不关心。他不愿意自己置身于那样尴尬的境地,若真的发生,他也无法仅凭一人之力重新站起来,他只能保持那个姿势直到车厢稍稍空一些,这样至少要等到两个小时之后,但他无法保证自己不会在这无数黑色的裤腿中和缝隙中漏过的灯光下沉沉地睡去,可能永远也无法被唤醒。

他手心开始出汗,手上还提着刚才买的早餐。他微微抬起头看了看指示屏,还有一站他就要下地铁换乘了。现在七点三十四分,离正式上班时间八点半还有接近一个小时,足够了。他皱了皱眉,恍惚间脑中又闪过梦境里的那个女人。不知为何,他只对她的泪和那飞奔而来的玫瑰花瓣记忆犹新,他突然间感到极度不适,心跳加速,开始慌张起来,也许是太过拥挤导致脑供氧不足。没关系的,他对自己说,因为耳边已经响起"前方即将到站",那冰冷的声音成了救命稻草一般的存在,他嘴角微微上扬,像极了手术台上终于被挽救回来的人的模样,苍白却充满希望。

他感觉到地铁的减速,他注意到周围有人和他一样跃跃欲试。此时此刻他极度渴望开门的那一刹那从外灌入的风,他可以张开嘴,这样可以捕捉到尽可能多的风,从而得以回归清醒。三、二、一,他心里默默念到,地铁停了。车门打开，他感受到了难得的凉意，他知道自己在笑，他竭尽全力推开人群接近那扇门。门外尚有黑压压的人群正拼命挤进来，人们的脸似乎都有严重的变形，歪歪扭扭，个个都带着凶恶的神情，像兽。他们模糊而恐怖的影子叠在一起奔涌而来，这似乎是一场战争。

他沉默而兴奋地跟在要下车的人的身后，纵使自己疲惫得毫无力气，但仍旧以杯水车薪的力量推动着要出去的人。他感觉到流通的空气将他拥抱，虽然其间混合着正铆足了劲想要挤进来的人的各种各样的气味，但这微薄的空气足够让他清醒和兴奋了，这明显比药片有用。他努力地逆流而上，那个门明明那么近却又那么难以接近，他的额头布满汗珠，但没关系，他马上就可以离开这个闷热闭塞的车厢前往下一个也许会宽松一些的车厢，从而到达他的公司楼下。一切都会顺利的。

门似乎是悄无声息地关了。他甚至没有听到关门的警报声。车门玻璃就在他的眼前不过十厘米的地方，他的脚明明还差一步就能迈出去。没有任何征兆，门阻隔了他和站台。此时他还沉浸在那些变形的人脸上或愤怒或惋惜的神情中没回过神来。地铁开始缓缓移动了，告别了站台，他被须臾间出现在玻璃上的自己的脸吓了一跳。没有了站台的灯，地下隧道的黑暗让他清晰地看到了自己皱成一团的诡异的脸，他此时才意识到自己沉重而无可救药的失望——就像是被困在井底的人期盼着有人搭救自己，却被从天而降的巨石压得面目全非。他明明可以大舒一口气，却被迫地咽了下去。他从未听到过自己吞咽东西时发出过这么大的声音，明明地铁里比家中喧闹那么多，但那声音异常清晰。

他又伸手进包里摸药，他试图自救，不安的情绪让他的手一直抖个不停。他顺利地拿出了药瓶，但他无论如何也没有把药从瓶中抖搂出来。他开始焦躁，往药瓶里瞥了一眼，发现里面空无一物，之前的那几片药即是最后的救赎。他被无限的失望填满，甚至觉得一切的一切都变得让人愤怒。他厌恶手中冷掉的食物，它们明明可以被认真对待。他厌恶早上拥挤的地铁和匆忙的路，每个人的神经都高度紧张，生怕耽误了自己的行程。他厌恶车厢里的异味，乱七八糟的味道混合在一起发酵让他想吐。他厌恶自己是个必须通过药片来维持清醒的可怜男人，否则他的幻想会吞噬他。他把头低下来，不想看见自己扭曲的脸。

地铁仍旧发出沉重的声响，光仍旧苍白地悬在头上，人们仍旧沉默地互相推搡较劲，脸上却一副百无聊赖的恶心模样。他想对这令人极其不快的人群破口大骂，为何不让他顺着稻草获得救赎，为何非要夺走他的希望，为何这般死气沉沉才是最为正常的模样。只是这一切都被他堵在了喉咙，他生硬地咽了一口唾沫，紧缩的眉头终于散开了，他闭上眼，不再管是不是会倒下。他开始睡去。

他又做梦了，还是那个梦——一模一样的场景，一模一样的故事，一模一样的女人，一模一样的泪。女人在同样的时刻同样的地点转身，他依旧站在原地看着她离开的背影，直到她奔跑起来和从右手边飞驰而来的大卡车相遇，她仍然变身成为无数热烈而妖冶的玫瑰花瓣，漫天飞舞，席卷了他的世界。这次他没有惊醒，他被玫瑰花瓣包裹成茧，被吞噬在这血红色的黑暗之中。他蜷缩成一团，开始像个孩子一样放声大哭起来，玫瑰花瓣和他一齐不停地颤抖，整个世界都在颤抖，他的哭声回荡在红色的世界里，似乎永远也不会有停歇的那一天。

他终于醒来，睁开眼看见妻子安稳地躺在他的身边，发出淡淡的呼吸声。他用力地抓住她的手，她被这突然间的动静惊醒，微微皱眉，问他怎么了。他说自己做了一个奇怪的梦，梦里自己是个要靠药物维持神经正常的男人，最后被困在了玫瑰花瓣堆成的梦境里，还有一个记不清长相的女人被车撞了无数次……他试图把一切说得尽可能简洁明了，他希望她能明白自己的不安和困惑，他只想确认她在身边。

他话音刚落，她开始笑起来。那笑声逐渐热烈起来，久久地回荡着，填充了整个房间，似乎他的所有神经都在笑声里慢慢开始舒张，似乎房间里所有物件都随之愉悦地摇摆着。他为这笑声着迷，慢慢地闭上眼。这笑声对他来说无疑是良药，渗入他的皮肤，直逼他的心脏，他紧张的情绪开始舒缓，慢慢地变得心安。似乎自己的生活也没有那么糟糕，似乎世界还算善良，只要她的笑声还在，他便可以拿出磅礴的勇气去面对，哪怕只是一个梦，哪怕只是一场如泡沫般虚无的幻觉。他再睁开眼时，笑声骤停，他目睹自己的怀里是一捧丰盛热烈的玫瑰花瓣。太美妙了，他感叹着。在玫瑰浓郁的香气中，他怀念着妻子的笑声，安稳地睡了过去。

　　他再次开始做梦，面对这一成不变的情节他却前所未有地兴奋起来。他知道在那个女人转身的前一秒，他终于记住了她的脸。明明一直在记忆深处，为何就是想不起呢？他微笑，静候这漫天翻滚起伏的玫瑰花瓣热情似火地席卷而来。那一刻，他不愿再醒来。

老巷的桂花树

文 ♦ 溥小山

第十七届全国新概念作文大赛二等奖获得者

老巷的桂花树开了,满树金黄的泪。

老巷的桂花树死了,死在巷子的泥土里,死在孩童的笑声里,死在绵长的桂花糕香里,死在三年前寂冷的清秋里。

在长长的秋风里,我思念老巷的桂花树。

祖母在九月尾声的时候开始收集枝上的桂花,一朵朵绽放在柔绵的阳光下,播散一缕甜香。我站在巷子里堆砌的沙土上,望着比自己高一段身的桂花树顶,日光在其间零碎。无云的天空仿佛是一张干净的脸,星叶为眉,扶风为发。我浅浅地意识到,十年前正是这苍青的明空,被春风剪下一册缘。风里面藏着小小的我,圈着大大的春生。

我遇见春生的时候她比我大四岁,等我长到像春生那么大的时候,人海茫茫,我却再也寻不着她。

01

　　于我来说，老巷是活在城市映像中的。一棵桂花树，几排嵌着青苔的红泥板砖，还有一些云流散在仰望的罅隙。巷子进深二三十米，不长不短，恰好容下一树桂花，还有一些欢喜阒然的日子。日光绵长，老巷的青石板上流满一季季的雨水。墙上长满狗尾草，随着一首陈旧的歌谣在晚风中窸窸窣窣地摇晃，在四季的轮转中点缀着老巷的荒郁。

　　这是四月里一个晴朗无风的日子。时光凝固成一首歌，像少年装满的心事在老巷宁静的天空飘忽不定。从桂花树的枝丫上，眺望葱郁的田野，层层叠叠地蔓延到远方。偶尔有一行风筝般的鹭鸶打断绿色的音弦，仿佛几行触手可及的诗，灵动婉转。时间像个说故事的老人，一步一步地走入岁月的深处，留下几页未完的旧稿。

　　春生坐在我身旁，念着一些我不理解的书，阳光和桂花树叶抚摸着她馨香的脖颈。她说："山，你听过海的呼吸吗？那种蓝色的潮汐在静谧的夜里汹涌极了。"我摇着头。在那些春温秋素的年岁，我深深爱着老巷的阳光和桂花，我不爱海洋，不爱那种深蓝的忧孤。春生说："山，你一定会爱上那种富有生命力的、自由而梦幻的蓝色呼吸声。相信我。"

　　她说："山，你一定会爱上那种深蓝色的来自大地深处的呼吸。"

　　她说："山，你要相信我。"

　　那年，春生十七岁，来自南方一个小城市。她曾告诉我，那里的空气常年飘浮着桂花香；夏季梅雨绵绵，气候潮湿而温暖；冬天下雪，天地之间苍白一片，大片冻结的湖面反射着灰白的光；而她的家在一个可以听见海浪声的地方。她说："你一定要去看看，我的家园就在那里。"她说这些话的时候，眼睛里泛着光。要有多想念，才能在离开后留有如此深沉的渴望。

我问她："为什么你要来这里？"

她摊开手在掌心画了个圈："山，你会长大，然后慢慢懂得。"

我在四月的尾巴点亮三盏烛光，祈祷着阳光更加充沛，九月的新桂浓艳茂密；春生和我在桂花树的枝丫上有念不完的故事；触碰几个遥不可及的梦，比如春生的家园，那个能够听到海洋呼吸的南方小城。

黄昏从大地的四角涨潮般涌起，从枝丫吹过的风清凉似一滴情人的眼泪。春生坐在我身旁，给我念着那些我不懂的书。书里面有她的故事，有别人的故事。在这些我所未触及的光阴里，我只是一个走马观花的匆匆过客，目睹着一个年轻人的爱情，一个村落的死亡。

春生告诉我，她突然那么热切地想要放风筝。

她的家园无风，那里没有做风筝的小店，那里没有田埂，那里只有神话与传说。

四月的最后一天，大风，我和春生站在田垄上。远处有葱郁的麦穗儿摇晃的身影，在晚风的包裹下涌入黄昏的一角。霞光满天，被白色的风筝线割裂成两半。春生拽着风筝线在田垄上奔跑。

那是一种前所未有的欢喜，填补了这些年所有虚无的时光。

我拉着线，由于风力太强导致指节疼痛剧烈。风筝从大地腾起而后越升越高，天空高远而澄澈。我把风筝线递给春生，她表情欣喜明亮如一汪清浅的小溪。

风筝穿过田野，在深深的田壑投下倒影；风筝遇见稻草人，在忙碌的时分消磨着应有的趣致；风筝停泊在老巷的桂花树丫上，缠了几圈，却仍旧在风中飞扬。我试图解开迷宫般的筝线，却无能为力。

我求助春生，她摊开手在掌心画了一个圈。不言，亦无其他动作。

我至今仍不解为何春生要将风筝放飞。

在往后的日子里，春生仍坐在我身旁，念着一些我不理解的书。我们眺望着如诗般灵动的青郁麦田，层层叠叠蔓延到远方，偶尔有鹭鸶飞过，有孩童的笑声，有迎娶新娘子的唢呐声，有鸡犬声……山野阡陌，我仍旧祈祷着日光更加充沛，九月的新桂更加浓艳茂密。而春生告诉我："你一定要去听听海洋的呼吸。"说这些话的时候，风筝无语，她身影悲凉。

02

夏天最后一场梅雨落下的时候，老巷的桂花树有了向上延伸的姿态，每一节花枝上都铺缀着绿意。纵横交错的花枝将天空分割成无数小窗，偶尔有云流过这些小天窗，春生都要凝神望着这些云。

春生告诉我，她的故事已经差不多念完了。

我很难过。

她说："山，我们是道路上的行者，框景着日光，荒芜了孤独，在日子平静如水的时候，记得去亲吻风景。"

她说："记得去亲吻风景，触碰那些不为人知的故事，比如山河，比如春水。"

她说："山，陪我一起去爬山。你应该站在山顶看看，那里很美。"

我点头，欣然答应。

梅雨过后的天气艳阳高照，然而山中并不那么炎热。空气潮湿，有白色的雾丝缠绕皮肤，温柔清凉。林鸟低鸣，重峦叠嶂。道旁有不知名的野花兀自盛开，生机勃勃，绿意盎然。我跟在春生身后，祈祷着山路不再漫长。她似乎能够与我心灵感应，回头拉着我的手说："山，我牵着你，我们马上就到山顶了。"

站在山顶，居高临下。整座山被一层灰白的雾气包裹，森然苍郁，与远处的天空衔接在一起，若隐若现。大片茂盛的芦苇在风中摇摆。凉风习习，凛冽清朗。我感受到自然的呼吸，在远离老巷的山中。第一次。

　　春生擦净一块儿岩石，我们稍作休息。离我们一米以外的灌木丛，丛丛生生交接在一起，如一座寂静的小山在潮雾中静默着自己的尘芜。唯有一只被蛛

网缠住的蝴蝶，颤抖地陈横在死亡的边缘。春生伸出手，慈柔地将其从蛛网上捏下，放置于自己的掌心。蝴蝶像是一位几经荒漠跋涉的行者，奄奄一息。我原以为，春生会将它放在草丛中，让她自行修复。然而，她拾起一块儿石头在泥土上刨出了一个小坑，将蝴蝶放进，掩埋、碾压。

我难以置信，怨恨地凝视这失意而短暂的生命。

春生看着我，笑着摊开手在掌心画了一个圈："山，你会长大，然后慢慢懂得。"

"山，我就要走了。"

"不能再留下来了吗？"

"你知道的，我要去听深蓝色的大海的呼吸声。我的家园，就在那里。"

"我等你回来，带着那些你最新的故事。"

"好。"

"到时候我带着一树桂花来路口接你。"

03

春生走的那天，阳光落满山野。这季的香樟依旧浓荫茂盛，老巷在夏日的尾声辗转着蝉噪的留音。这个焜黄落叶的山岭小村，桂花香味愈来愈浓烈。

我站在路口，挥手作别。

春生用手盖住我的双眼，只是感觉黑暗了那么久，睁开眼的时候，尘土飞扬，人海茫茫，我再也寻不着她。

在长长的秋风里，老巷寂静着，于冗长的时光中，偷渡了光阴撒过的谎。

　　还记得我曾在四月尾声的时候点亮过三盏灯，我祈祷着日光愈加充沛，九月的新桂浓艳茂密；春生和我在桂树的枝丫上有念不完的故事；触碰几个遥不可及的梦，比如春生的家园，那个能够听到深蓝色大海呼吸的小城。而现在，这些都没有实现。

　　今秋的桂花，再未盛开。

　　巷子里的妇女路过这株桂花树，总要吐些唾沫星子，骂道："就你这死树，害我全家喝不到桂花酿酒，吃不上桂花糕！"就连巷子的孩童都开始对老桂树展开攻击，平素打落桂花的乐子去了，便将这无聊的趣致转至折腾那苍怜的老树干，秋日一过，树干上满是层叠交错的伤痕。

祖母坐在老椅上叹着气，这棵桂树真的老了，也好，清净。

我不信。春生尚未归来，我还要送一树桂花于她交换那一摞路上的心事。

那年秋天，祖母走了，走得安详宁静。家人办好丧事，便将我接回城里。

离别的那天，我坐在桂树的枝丫上，凝望着远处余落的红晖，稻田翻起云涌，如一层波浪弥漫到黄昏的远方。墙头上的狗尾草稀稀落落所剩无几，尚不足以做一枚盛大的草戒赠予爱情。

后来，我回到老巷，在无边的荒野中站立、静默、思考。老巷已经消失在无端的岁月中，唯独留下一株死去的老桂树，还有一叠碎瓦。哽咽。桂树的枝丫已经无法承受我的体重，我只是看着，尚未解开的风筝，在风中挣扎，挣扎。

一卷狂沙。恍惚中，我仿佛听到了春生邈远而清逸的声音："来，山，让我来给你念些陈旧的故事。"

"山，我终于回到我的家园，可以听到深蓝色大海呼吸的城市。"

"山，这里没有满树的桂花，我又要离开了。"

"山，你会长大，然后慢慢懂得，那个我在手掌画起的圈。"

命。

在阒静荒芜的年岁里，风筝仍然在挣扎，而我仍然祈祷着，日光愈加充沛，九月的新桂愈加浓艳茂密。

风吹榕树街

文 ♦ 付炜

第十八届全国新概念作文大赛二等奖获得者

01

曾经有段时间，我迫切渴望能遇见一个人。不管是谁，只要能带我离开。

我十五岁那年的黄昏，当我一字不漏地把这句话说给程安言听的时候，他正在吃着一个未熟透的石榴，满嘴酸涩，不停往地上吐籽。他听完后笑得很开心，咽口水的同时吞下了几颗石榴籽。

程安言跟我都是柳林镇中学的学生，只不过他学文我学理。我们共同感觉人生在世总要修理或者改变点什么，于是他的理想是当一位老师来修理我们祖国的花骨朵儿，我的志向是先学会修好我家的自行车。

我们从出生那年就认识了，一直住在榕树街，从玩泥巴到打弹珠再到拍卡片，我童年里几乎每一个

晴天都跟他在一起。程安言小时候很胖，看起来也十分笨拙，因此我们一群小伙伴常将他比作抗战片里的日军翻译官，做游戏时也都是让他当负面角色被我们捉弄。

不幸的是，每一个胖子都有一个轻盈的灵魂。从幼儿园大班算起，这十几年程安言的成绩一直比我好，而且年级越高差距越大，很成比例。而程安言也就成了我母亲常挂在嘴边的"别人家的孩子"。

因此，我并不是很喜欢他。不过，我很喜欢跟他一起玩。

小学二年级的时候，程安言就把厚厚一本《三国演义》给看完了。当他跟我讲关羽如何如何威猛的故事时，我问他："关羽跟葫芦娃到底哪个厉害？"

也是程安言告诉我的，他说，要想一直当好朋友必须要结拜兄弟，像桃园

结义那样。他问我愿不愿意一直跟他当好朋友,我说当然愿意啊,干脆现在就结拜。他说现在不行,必须等到良辰吉日那天。

于是在一个家长没有看管的"良辰吉日",我和程安言双双溜了出来,打算结拜。可是我们仔细想了想,柳林镇只有柳林没有桃林,我问程安言怎么办,他说那咱们就大胆创新一次,来个柳林结拜,说不定还能彪炳青史呢。我说就这么干。于是我们去了柳林镇北边的河边,那里有一大片柳树林,我们走进柳林,感觉那里遮天蔽日,阴森森的,我吸溜着鼻涕,身上起满了鸡皮疙瘩不敢往前走。恰好此时,程安言说就这里吧。于是我深呼一口气。

我们双膝跪地,动作夸张地磕了三个头。然后一起说了几句"不求同年同月同日生,但求同年同月同日死"之类在武侠小说里看到的话。就算正式

结拜了。

我们走出柳林,从阴暗的环境里出来见到阳光感觉真好,我的心情也随之变得亢奋。"你的卡片带了吗?来,咱们三局两胜。"我转身对程安言说。

02

我回想起刚刚那些事的时候,程安言还剩下半个石榴,他咧着嘴,牙齿一直在打战。像是要说什么又说不出来,异常痛苦。我把耳朵凑到他嘴边,他口齿不清吱吱呜呜半天,我好奇地快要把耳朵伸到他嘴里了,在能感受到他鼻息的那一瞬间,我总算听清了他要说的。他说:"真酸!"

说罢,他把那半颗石榴扔向远处。

"我们走。"

"去哪儿?"

"回榕树街。"

此时的榕树街早已不是彼时的榕树街,这几年镇上在搞大开发,自从迁来的化工厂被一群草民给砸了之后,政府吸取了教训,大兴房地产,冠以民生工程,自此无人闹事。南面的几条街巷因为关系柳林镇形象所以早就被拆得一干二净,崭新的居民楼像一群水泥怪物,呆呆地站在那儿一动不动,却又狰狞可怕。

榕树街口是一家发廊,贴在橱窗上的海报都很旧了,那本是李老头的杂货店,在我记忆里那就是一座大宝藏,什么小玩意儿都有。可现在李老头死了,儿女也都去了外乡。阴暗的杂货店里装上霓虹灯,就成了发廊,整条街也因此充满了刺鼻的啫喱水味道。自此,一切都变了。当我们走在榕树街上听见的不

再是夏天聒噪的虫鸣，而是低俗却很应景的歌声。

我和程安言走在榕树街上像两个陌生人一样感到不安和拘谨。

"我不想回家。"他突然说。

"去我家啊。别忘了咱们可是结拜过的，有福同享有难同当啊。"

程安言露出了我很久没见到的笑容。

这几天程安言的母亲正在跟他父亲闹离婚，一个劲儿嚷嚷着"这世道变了人心也变了啊"，说罢捶胸顿足，街坊邻居相劝无果便习以为常了。

程安言说："我家简直成了菜市场加屠宰场。"

我说："没有这么夸张吧？"

他说："这不叫夸张，叫生动形象。"

我把程安言带回家里，母亲一面热情地招待他吃这喝那，一面又把我拉到一旁用看客的心态和嘴脸跟我说道："别人家的事你可莫要管呦。"说的时候还不忘用眼神提醒我她说的是程安言。不知为什么，那一刻我异常恨我母亲，比叛逆时严重得多。恨她势利，恨她幸灾乐祸，恨她太知世故。也恨我无力反驳。

当天晚上，我跟程安言睡在一个床上，隔着漫漫黑夜，我们谈论了很多，以前真不知道我们竟然还有这么多共同话题。我们谈论学校，谈论自己喜欢的女孩，谈论各自干过的坏事，谈论家庭，谈论未来，谈论一切这个年龄该谈论的和不该谈论的，很多很多。

第二天，我醒来，发现身旁没人，母亲告诉我程安言提前醒来走了。我"哦"了一声，低头吃着没胃口的早餐。

03

夏天真的是又漫长又短暂。在家无聊透顶我都不会想着去找程安言，虽然

只用一分钟我就可以见到我最好的朋友,但我吝惜到宁可一天睡到晚也不愿踏出家门半步,仿佛有种力量在禁锢着我的脚步,心里产生的那种隔离感让人厌恶无比却又不肯自己率先捅破那种无形的隔膜。

窗外的树一动不动,夏天的风到哪里去了?周遭安静得让人害怕。我在等一场大风,吹起我的衣角,像童年一样,迎着风奔跑在榕树街里。你手里拿着风筝,风吹到哪里,风筝就飞到哪里,我们就奔跑到哪里,那时我们的笑容像一张白纸,上面没有任何释义。被风吹乱的头发闪耀着夕阳最后的光泽,消融在漠漠黑夜。

一切都如幻梦般。

"程安言,三十七天没见,你还好吗?拆迁队很快就要到榕树街了,不知道为什么,心里有种莫名的恐慌。听别人说,街口的那棵大榕树现在只剩下粗壮的树墩了，上面可以坐四五个人呢，应该是非常老了。街上的很多店铺都关门了，这个夏天榕树街卖的石榴注定将永远酸涩下去。发廊倒闭了，我庆幸再也闻不到那种古怪的味道了。另外，我家的狗也送人了，母亲说带着它一起走很不方便，我很伤心。"

这是我某天写的日记。在那之后，一切如常。

04

"这几天我很好，你不必担心，我爸我妈也和好了，镇子快要拆没了，我们一家在这儿住了这么多年，想去外面看看，也许还会回来，也许就……我会

来找你的。"程安言说罢,摆出一个尴尬且僵硬的笑,我从没见他这么丑过。

在以后的日子里,我想过很多煽情的句子来回应他的这句话,绝对能让程安言热泪盈眶终生难忘。可是,我最讨厌这个转折词。但可是,我对程安言说:"祝你一路顺风!"现在想来我仍然感觉双颊发烫,仍然有自扇耳光的冲动。对,刚才还缺少我回应他时的神态描写:我对程安言摆出一个尴尬且僵硬的笑,我感觉自己从来没这么丑过。

"一切事物即将到达终极时都将短暂地回归原始。"

忘了这句话是哪个哲学家说的,或者是我自己瞎编乱造的,反正我突然想到这句话。因为程安言跟我告别的时候,我脑子里第一个闪现的画面是我们一

起用泥巴捏城堡。那时候的榕树街还没有铺设水泥路，一下雨就满街泥泞，在他家的廊檐下我们抓起泥巴就一阵胡捏，捏来捏去，成了四不像，于是他的创造者说它是什么它就是什么。程安言说这是一座城堡，以后我带你去这里住，我当国王，你当将军，我们一起征战四方，浪迹天涯……

那一刻，我们都仿佛回到了八岁。榕树街也回到了从前，安静地卧在柳林镇不起眼儿的小角落里，时而明媚，时而忧伤。但始终都有风来，从街头到街尾，吹起老榕树的枝叶，簌簌鸣奏在风里。吹起孩子们的笑声，飘荡在蓝天白云里。吹起我那单薄的童年，却不知遗失在了哪里。

那天黄昏，程安言坐着一辆蓝色小货车消失在了街口，我躲在角落里半遮半掩地目送了他的离开，幸好程安言没看到我这滑稽样子，否则肯定骂我没出息。

远远地，我听见附近工地上机器的轰鸣声。很快，我也要离开，我的全部童年和小半青春将会被这巨大的无可阻挡的轰鸣声所震裂，像火山喷发像太平洋海啸像百慕大的漩涡……想到这里，我痛苦地紧紧捂住耳朵。

如今，我迫切渴望能遇见一个人，他叫程安言，他能把我带回去。带回不可能回到的过去。

凌晨

文 ♦ 铭清

第十九届全国新概念作文大赛一等奖获得者

当她看向我的时候,我从她的眼睛里读出了什么。

我停在了楼道口,回味着这一次擦肩而过。

我犹豫了很久,要不要回身望上一眼,久到确认她已经从身后的楼道中消失。

直到这时,我才最终确认这件事,我们的人生是一个无法选择的必然悲剧。

在认识她之前,我便已注意了她很久。而认识她之后,却又显得有些失望。认识与不认识并未为我们的关系带来任何改变。每一次她都能够认出我,但一个能够被辨认出来的路人,还是一个路人,是一个除了名字和一个粗略记得的外貌以外毫无意义的抽象概念。

如果她是独自一人,我们或许会聊上几句毫无意义的客套话。我并不十分期待着这些客套话，尽管这是我们之间仅有的了。

　　但毕竟，无论从何种意义上来说，我们之间的关系也只是认识。浅到还不至于肤浅地称为朋友，至少对我来说还不足一些。

　　我走在回去的路上，这样想着。天空是纯粹的黑色，我心绪不宁到没有去注意空中有没有星星或月光。我的伞在前几天丢了，却也难得地没有下雨，但我是不幸的。

　　我努力地回想着我们之间相识的经历，但于我来说，她是一个很陌生的人，或许于她来说也是一样。我不了解她的性格与个人信息，我有的只是微信里的一个名字。陌生与距离感，可以批注上我们之间的一切。这种距离感仅比一个只是初次认识聊了几个小时并且往后再不会联系更不会相见的火车邻座好一点，因为我们之间确确实实有着见面的机会，虽然我无法准确地得知任何一次我们的相见，可能是几个月，抑或只是相隔几个小时。多数情况，却是在凌晨的便利店，购买咖啡和快餐时。

　　但有的时候，这种充满随机性的相遇又是一件令人十分欣喜的事。我可能刚刚打理好正装，等待着一场竞选；也可能是经历完忙碌的一天，充满疲惫地突然遇见。我无法预料见到她的那一刻自己的表情。相对于与女友或是正在追求中的对象的每一次精心准备的约会来说，这无疑是另一种别样的体验，而我也无须将自己伪装得尽善尽美。这是一个美好而充满悲剧性的事实，说明我们的关系不会时常冷战也不会因一些小事而闹出矛盾，但这也仅仅证明了我们之间的关系陌生到无法更差了而已。

　　我忽然在想，为什么我们的关系从未提升过呢？

　　我想我是做过努力的。比如关注着她的朋友圈，在她需要帮助时及时地出现，随后，以最随意的方式再一次消失在她的生活中。

　　但我的努力是失败的，或者说，就我个人而言，我没有准备好也并未决定去喜欢她。而更进一步的进展或许会让我们的生活失去最后一点交集，比如让客套话和眼神交流都变成冰冷和排斥。至少现在，虽然没有什么固定的见面机会，比如同一节课，同一个社团或是任何一个可能出现在同一个场合上的机会，但生活节奏上的某些共同点还是给予了我们相遇的机会。

虽然这种相遇很遥远。

一如我看着电影荧幕上的她，带着一种苍白的神色与病态的疯狂倒在血泊中。我知道那不真实，而这种不真实感，在我真实地看到她时依旧强烈。

是了，我的的确确是做过接近她的努力的，但是这种距离感一如那层薄薄的幕布，不可逾越。从这一点上来说，我们之间又存在着某些共通点。电影是虚假的，而她扮演着一个虚假的小角色，伪装成她的样子出演一段剧情，伪装她的生，伪装她的死。而我，亦是伪装着，甚至是毫无理由地伪装成了一个人，一个对她有兴趣但未至喜欢的我。因为控制在这样的感觉能够最大程度地从与她之间的交流中获取快乐，而我就仿佛上瘾一样扮演着这样适宜却又不合时宜的角色，既能够因为偶遇而体验激动，又不会因为无法继续靠近而苦恼，更不会因她身边的人而感到嫉妒。

或者，这是已然绝望的我尽全力去寻找着的可有可无的共同点。

我将身体倾倒在沙发椅里，任凭思绪麻醉在摇滚乐中。我很讨厌这样的音乐，但这种时候，至少它有一点好处，可以让你理性地思考。我的手指轻微地在杯壁上摩挲着，昏暗的灯光顺着酒杯中央的冰块儿刺激我的瞳孔。

我听到台球杆撞击球心的声音，我的余光看到球在壁上反弹，最后旋转着停在库边，但我没有看到击球者苦恼的表情。我的思维开始变慢了，相对应的，周围的一切仿佛变快了很多，就像是用快进键看着一部电影，只是画质清晰的现实不会跳帧。

我看到了无边的海水，我看到溺死在海中的我的尸体。我听到了自己求救的呼喊，但我丝毫未曾被触动，只是静静地立在那里，看着我的尸体嘶声呼救。

我看到了她，在一个男子身边。她的脸是模糊的，男子的脸是清晰的。但我知道她就是她，但对于他是谁毫无概念。她是爱我的，我心想。不知为何，我竟觉得我可以去掌控一切。

我看到她向我走来，抱住了我，甜美而激动。

但可惜，只是在梦里。我从梦中醒来，已然不记得这个故事从何开始是在梦里了。

西洲曲

文 ♦ 潘云贵

第十五、十六届全国新概念作文大赛二等奖获得者

忆梅下西洲，折梅寄江北。
单衫杏子红，双鬓鸦雏色。
西洲在何处？两桨桥头渡。
日暮伯劳飞，风吹乌白树。

秋声

耳畔住进这个时节的风。

常常在微痛中听到一阵模糊的声音，辨别不清来自哪里。那声音似乎从秋叶拍打的深处击来，附着于耳根，开出紫色的花蕊。

然后又常常在梦里闻到这种花的香味，是安宁的气息，幽然神秘，是遥远的旷野或者深山的味道。那些被野火点燃起的细碎枝叶、昆虫遗体，酥脆的

声响触碰着秋日末端的根部。

无尽的河、绵延的山、乌雀、远村，点点明亮又顷刻熄灭的火，从墨色虚像中抽离而出，逐渐化成一张现实的图景。

葳蕤生光，在静谧的河岸，摇荡成少年清秀的模样。

清风徐来，涟漪晃动为水上的褶皱，雾色散开，渔船上的身影渐次清晰。船橹撑开的柳荫——倒退，镜子上清澈的倒影呈现出瓷般光亮。

他唇齿微启，在风中要发出第一个音节。

飞鸟扑打翅膀掠进雾色里，梦顷刻静止。

醒来时，窗外摇摆的树影映到天花板上，手机在台灯下振动，发出沉闷的声响。我用指尖划开解锁键看了看信息，心里有些腻烦。

是连芸的短信。

早上好，项南，这周末说好去旅行的，你准备好了吗？

随后她又发来一条。

我太高兴了，想到要和项南去旅行，一整夜都没睡好，等会儿被你看到黑眼圈了，不准笑！

突然觉得口中异常燥热，昨晚搁在案台上还没喝完的啤酒索性又被我咽下几口，分外苦涩。指尖对着宽大的手机屏画了几笔。

等会儿见。

好的。

短信发出的图标刚消失，新的一条图标便又出现。我怀疑连芸是不是已经猜到我要发什么，她便提前写好以待时机。

连芸是我的女朋友。

我们在大学认识，她读音乐系，家境优渥，父亲是文联领导。她比我小两届,长卷发,声线清新,性格活泼。她站在我面前时,身上栀子色裙摆在风中微微抖动,明丽的笑容好像洁白的花,无论何时都会发出晴天的光。在一次校园画展上,她很欣赏我的作品执意要认识我,说要在我这儿学习绘画。后来很自然地,连芸常来找我说话谈笑,或者让我教她画画。她总是背着一个画板来到我面前,拉着我的衣角,不时撒起娇来。后来不知是被连芸搞得没辙了还是自己慢慢接受她了,不知不觉间她就成了我的女朋友。她深爱着自己的男孩,不停地发短信、煲电话粥,一小时、两小时,在深夜刮风的宿舍走廊上,很清甜的笑声,像窸窸窣窣的虫鸣。她说,项南,你要快乐,我做你女朋友,最想要的就是你的微笑。

可是很多次,我只是沉默地站在电话那头,没有回应什么,耳畔只有一阵又一阵的风吹过。

我对连芸的好感其实有点自私,或许是因为她的名字与我的过去有着某些联系。遥远的莲云山,在这座城市的南端,终年被云雾环绕,而连芸一无所知。

我有时对连芸的冷漠是说不清的,自己都琢磨不透。或许是来自不断疯跑中的阳城、白昼的车水马龙、深夜吧台的纵情狂欢。一切都在挑衅我廉价的身份,我不甘匍匐在别人的目光之下,我相信自己的画功不比阳城的其他画师差。但每每到画廊、展厅自荐画稿时,得来的总是一群人的不屑与白眼。我讨厌这种感觉,内心自然失落,便常告诫自己,被人否定一次,便更要努力一次。

不愿成为大世界里渺小的角色,纹络如刻的掌心一定要挥毫运转自己的走向,如墨散开又聚拢,我要画出自己的世界与明天。

基于平日对连芸的愧疚,想填补两个人太多的空白,我说,周末带你去看一座山,与你名字谐音的山,莲云山,在阳城的南边。她笑着点头。

莲云。突然之间似乎变得异常遥远的名字。

常常想到耳朵里住进的声音,应该来自这里。

秋末，天空越发高远，光线在树梢间停靠，投射下岁月的锈斑。枝丫上停留着寒鸦的啼鸣，叶子焦灼落下，在古街的青石板上翻转，进行最后一丝反抗。

黑瓦白墙的溪舟古镇自小便是我生命中的家园，我在纸上所作的图景其意境都取自于这儿。街巷上孩童在道路边嬉闹，偶有一些野花耐住寒气与寂寞在角落里开着，一点点红，一点点黄。女人们提着篮筐从远处的石桥下走来，脸上都是清淡的笑，篮筐里是自家的印花衣物和一些床罩被褥，满满地提在手中。

青山如织，却在袅袅雾气里望不清面目。一些云鹤从雾中飞出，斜斜划入更高的山顶，若逝去时光找到归处。

连芸跳起来，欢喜地指着前头问我，那就是莲云山了吧，好美呢。

我微笑地点点头。女孩这下笑得更为灿烂。

已是傍晚，我们便找了旅店住下。老板是和气的中年男人，一进店，便叫伙计从我们肩上取下行李拿进客房。我特意交代他要轻放物品，他低头应了声好。相貌隐约间有些熟悉。稍后过些时辰，老板便亲自端上一桌酒菜，嘴边念叨，都是乡野菜肴，比不上你们大城市的山珍海味，勉强吃些。

我看着老板，那是个谢顶的中年男人，即使戴着小帽也难以掩饰他发光的头部。我说，我是从阳城来的，但我其实是从这里走出去的。

老板嘴角僵持一下，尴尬笑着，小伙子说笑吧。

不骗你，我来自这里，溪舟镇。

连芸没顾及我们说话，夹了些排骨、鱼块儿到我碗中，然后突然感觉到了什么，惊讶地看着我。

店中的伙计此时从客房下来，在楼梯口望着我，若有所思。

他是个消瘦的男子，不高，眼神透出坚毅的光，似乎能驱散山顶终年不散的雾气。

客房很是素雅，木质的雕花床、柜子、梳妆台和衣架，镜子擦得很干净，一丝水渍也没有。案台靠窗，黄昏锈色的余晖射进来，会把屋内浸染得更为静谧。向远望去，便是莲云山，它外围永远披着一件拆卸不下的雾色帘幕。

连芸靠着窗，托起脸颊问我，项南，我这样像古代女子吗？

我笑了，笨蛋，古代女子哪儿来的卷发。

连芸见我微笑，嘟着嘴说，她们拿钳子烧热后烫出来的不行吗？哈哈，你其实就应该多笑笑，这样才帅啦。

我这下脸颊故意又沉下去，她也不看我了，自顾自地用手碰着窗沿，好像触摸到了很新奇的东西，又叫住我，项南来看啊，苔草苔草！

柔软得像毛发一样的植物，在雨后茂盛生长，伸手摸去，湿润的露水落入掌中。

这地方常下雨，所以青苔很厚。我对连芸说。

潮湿而鲜绿的苔草也常在我梦里出现，伴随而来的总是那种模糊而旷远的声音。

峰峦青翠如黛，山脚是悠长而深邃的河流，静静流淌，仿佛玉似的长带环绕着远山、旷野和墨染似的点点村落。

村上栽着丛丛桑树，叶片嫩黄，是初长时的模样，风里起伏不息，若一方油翠的原野。那深处似有笑声而来，乌雀啼鸣，伴随枝叶相互敲打的声响，一点点靠近，银亮得恰似白花点缀于草叶间，发出细碎的光亮。是年少的颜色。

那少年又从河边撑船而来，支开两旁低垂的柳荫，神情怡然，渐渐露出清晰的笑容。

白瓷般的面颊，没有一点杂质，是世上最洁净的脸面。

他抬起头，用手臂遮住北部天空投来的光晕，然后转到另一侧，便瞧见了我。

他唇齿微启，在风中要发出第一个音节。

你——

耳畔被一阵女子的呢喃催醒，是连芸靠在我的额头边，她说，项南，我突然睡不着，想和你说话。

一个将要在梦中掀开的谜又变得无比遥远，我说，你是不习惯这里吧。

她摇头，才不是，是因为第一次离你这么近，太兴奋了。

我对她轻轻笑了笑，随即翻过身，想着其他事情。

此时客房外有人走动，一道迅速躲闪的影子打在糊纸上。连芸害怕得抱紧我。

没事，或许只是野猫从房顶蹿下来，我去看看。我对连芸轻柔地说，她松开手，又抓住我的衣角，然后慢慢放开。

我轻轻走到门边，往外探出身子。月凉如水，点点微寒。树在风中随意摇摆，时而掉下叶子落在走道上，不像有人走过。我放下多余想法，深呼吸了一口，准备回头关上房门。

这时楼梯口亮起灯来，昏黄灯光下，站着他，白天帮忙放置行李的伙计。

项南，怎么了？连芸见我僵持在原地，便问道。

没什么，突然想去卫生间。我解释道。

连芸开了房内所有的灯，说，那你去吧，我不怕的。璀璨灯光中，室内充满黄昏一般的色彩，连芸站在床边，穿着白色宽大的睡衣，傻傻笑着。

我便下了楼。

伙计见我走来，没有躲开，反而走向前来，双手置于身后。

他疏朗笑着，声音微小，说，你看到我，有没有想起谁？

我迟疑一下，摇摇头。

他把自己清秀的脸颊靠近我，嘴上还是笑意，说，没印象吗？

我感觉到什么，但脑中很快又闪开那影子，便再次摇摇头。

他低下头，良久过后，又重新抬起来，略带失落说，项南，这些给你。

随即，他双手渐渐从身后抽出，白皙掌心上握有削好的洁白山药，玉石一般清丽。

那个梦境中撑船而来的身影，似乎永远看不到面目的少年。

那个唇齿微启，即刻便要发出谜一样声音的人。

来自这儿？

他没任何回应，转身走开。

我怔怔眨着眼睛，手里捧着幽香的山药。

项南，这些山药给你。耳边回荡着这句。

树下即门前，门中露翠钿。

开门郎不至，出门采红莲。

采莲南塘秋，莲花过人头。

低头弄莲子，莲子清如水。

春岸

恍若一夜间泻下，莲云山脚的河水注满所有与生长相关的年岁。那些于兰泽绽开的小花，也是一夜间被催开花骨朵儿的，一朵朵白玉般剔透，周边松泥筑成的堤岸缓慢往后倒退。

在高墙上随风舞蹈的花枝、翠叶被风拂出沙沙声响，院落间恣情盛放的水仙相互抚摸花瓣，似不舍不弃的恋人。一切都被时光擦出美的痕迹。

这座终年被大雾包围的山峦，这条淙淙流淌的河流，这一张少年青涩的面孔，一双清澈的瞳孔，在现实的转弯口揪住我，带我往记忆深处蠕动，濡湿我所牵过的衣襟并紧紧黏住。

李君那时从山上下来，跑到我身后，趁我不注意，扑过来双手遮住我的眼睛，用变调的声音吓唬我，我是山里的妖怪，现在要吃掉你！

我笑着掰开他的手，李君，你别闹，我知道是你。

李君搔搔小脑袋，我已经装得够像了，怎么你还会知道？

因为……我顿了顿，然后伸出手往他额头轻轻弹了一下，我能听出你的声音，无论你怎么改变。

那长大以后，如果我们都离开彼此，有天碰到你还会听出来吗？李君眨着眼睛认真问道。

当然！我得意地继续说道，我的耳朵会永远记住你的声音。

少年时内心还像花朵一般柔软，不知海角与天涯的距离，不知今夕明朝彼此又将置身何处，只是类似"永远"这般年少轻易脱口的言辞给了不确定的将来一个暂且幸福的寄居。

李君慢慢从我背后走到我面前，拿起颜料还未干透的画纸轻轻晃动着。

项南，你会一辈子在这里画画吗？他看着画纸随口问道。

傻瓜，我们都要长大的，没有什么会是一辈子。我甩了甩手中的画笔，朝他笑笑。

李君的目光显然变得低沉，问，那我和你呢，是不是也会有一天离开彼此去不同的地方？

我愣住，不知该怎样回答，看着李君有所期待的目光，只是笑了笑，然后从一旁包里取出新的画纸，往画板上铺开。

有时候沉默可以代替一切答案。

李君,你知道吗?

李君是我七岁时最好的玩伴。

那年父母带我去外省旅游,在途中暴雨冲刷世界,一切面目变得越发模糊。火车意外追尾,我压在父母渐渐冰凉的身体之下。不知过了多久,我在磅礴的雨声中和血色的湖泊里被人抱出。当我清醒时看见已无声息、面容焦灼的父母,愣愣得像个哑巴,喉咙努力发声却无法打开。最后泪腺汹涌起来,不停地大声哭喊,使劲挣脱那双环抱住我的陌生手臂。

眼前年轻的父母,永远沉寂地睡下。

叔叔将我认领回来后,因种种原因无暇照顾我,便决定将我送到莲云山脚的溪舟镇。

他说,小南,这里是你爸爸跟叔叔长大的地方,算是你最初的家,你好好待在奶奶身边。长大后,叔叔再接你回阳城。

自此以后,我似乎成了这个世界的孤儿,无法感知到自己的存在,沉默充满我的世界,每一天总像宇宙毁灭前的阴天。独自蹲在阴天角落里呜咽的孩子,细小的声音,谁听见了?

来到溪舟镇后,没有小朋友愿意陪我这样陌生又孤僻的孩子玩。我经常来到河岸,握着父亲生前送给我的画笔对着莲云山画画,幻想有一天自己能拥有卓越画功,把一切都画成真的,让身处其他世界的父母也能看见。

祖父那时也已过世,只剩祖母照看我。她身体逐渐衰弱,面庞像树皮一样受损干枯。祖母常常抱着我,在日落的河岸边,看层林被烟霞浸染,鸥鹭翔集于兰泽之上。有时她会哭起来,然后从衣带里抽出一块儿褶皱的手帕擦眼泪,年老在她黯淡的眼眶里一览无余,这是生命接近终点的信号,一点点闪出最后的余光。

她说，小南，如果有天阿嬷走了，你也能好好照顾自己吗？

我圆嘟着嘴，假装生气的样子说，不准阿嬷这么说！

祖母强忍着眼泪，笑着，小南，阿嬷只是说"如果"啊。

我撑不住表情，抱紧祖母抽噎着说，"如果"也不行！小南绝不让阿嬷走，阿嬷会长命百岁！

祖母用手安抚我的脸颊，又摸着我的小短发，眼角皱纹眯了一下，说，小南是个男孩，要坚强。无论哪天身边有谁离开了，也一定要照顾好自己，知道吗？

春日的雾水，绣着细小潮湿的针脚，在余晖残照的河岸上，她眼眶顷刻红透。

我轻轻咬着唇部，点点头。

李君是在另外一个黄昏里见到我的。那时，我在河畔收拾画板准备回去，他从柳荫中撑船而来，流水摇曳出斑斓的花纹，一圈圈随风荡向远方。无数只细长如草根的水蜘蛛从水上轻巧掠过。

他跳下船来，来到我面前说，我好几次在远处都见到你在这儿画画，你画的是什么，能给我看看吗？他边说边用手指着画板。

我说，可以，但我很快就得回家了。

他拿过画，一张张摊开，迅速看了一眼，又一张张收好归还我，说，这些都画得很美呢。对了，你住在这里吗？

是的。那你呢？我问道。

我也是，但我没有家，我是镇上的孤儿。

河水沉默流经，时间静静地从黄昏踱进黑夜。

丛丛草叶后传来糯脆的老人声音。祖母站在远处房屋下，唤我，小——

南——

寂静的莲云山也像有回声一般响着，小——南——

对了，我叫李君。你呢？

我叫项南。

再见。

嗯。

少年又敏捷地跳上那艘旧船，撑着破损的橹杆渐渐远去。我能看见他清秀的身影有一刻的停顿，站在船板上，伸出细瘦的臂膀，向我挥手告别。

我是这个镇上的孤儿。

李君，你是不是知道我其实也和你一样，是这世界的孤儿，所以一开始你就和我这么说？

我们的气味闻过去是那么的相像，孤单又落寞。命运给我们设计了不幸，还会给予我们宠爱和眷顾吗？

之后每回我在河边写生时，总会遇见李君。他笑容清澈，瞳孔里尽是流水般的干净，没有一丝阴暗杂质。

他说，项南，你伸出手来，有个东西给你。

我放下画笔，递出掌心。他从背后抽出手来，手背蜿蜒着青色的筋脉，在薄薄的皮肤下凸起。手上握有几根嫩白色的植物，发出清甜的香气。

项南，给，这是我晨起时到山上采的。

是什么？

山药。

我捧到鼻翼前闻着，很清怡的味道。白如玉石的花草，在这青山绿水间闪出柔软的光芒，若高空中巨鸟飞落的翎羽，降入凡尘，一丝一缕，如风中不断散出的青烟，在世事中抚慰每个人心中受伤的核。

祖母闲暇时，我问过她关于李君的事。

他父母是溪舟镇上平常的农户，早年在家耕织，生活虽不富足，但也过得安稳。但有天听到风声，说有人到阳城卖山药赚疯了，而山药在莲云山上就是普通植物，满山遍野都能采到。这下夫妻俩决定先带上部分山药进城看看，并把李君交给村人照看一段时间。后来不知过了多久，两人音信全无。镇上便有人说李君的父母因卖山药的事与城管起了争执而被关押，有的说是夫妻俩抵御不住城里的诱惑又改行做起下贱勾当，也有人说他们二人挣了些钱回来途中被匪徒瞄上而毙命。那时李君不满六岁，整日在村中奔跑，哭喊着父母。村人见他可怜，便把河边一艘旧渔船交于他使用。

李君就此住到船上，成为溪舟镇上最孤单的孩子。他心性善良，小小年纪常帮村人渡河、捕鱼或是采山药，宛若河流上流淌的清波，镇上老叟都很喜欢他。

这孩子，可惜了……祖母讲完李君，眼角湿润起来。她从兜里掏出绣花手绢擦拭，然后看着我，说，小南，你不要难过，你还有阿嬷疼。

李君，我们身上是不是都有一根黑色的刺芒，别人永远看不到，它扎在我们心里，开出硕大的疼痛，不断催促自己更为坚强地成长，在离开被人疼惜的目光以后。

项南，我不难过了，我已经习惯了很多黑暗的时光。

这是李君站在莲云山山顶时对我说的，那时他还用手指着弥漫在山中的雾气说，总有一天大雾会消散的，项南，你相信吗？

我点点头。

那是我第一次爬到莲云山九百米高的顶峰。云层环绕，镇上房舍隐隐现出

细小的点,道路上的车马已看不到,视野里是升腾的云烟,恍若仙境。我跳起来,用脚叩响这座平日只能遥望的笔下山脉,叫着,看,看,那是鹰吧,飞得好高,是飞向北部的天空去了。

李君没有说话,像最初在河边时一样,他站在我身后,伸过手来,清凉的手指蒙住我的眼睛。他说,项南,我不想让你离开。

柔软的手指轻轻遮在睫毛上,飘出他手中山药残留的芬芳,一点点浸入我的身体,成为生命里不会忘记的气味。

我说,李君,我会一直站在这里。

他笑着又一次脱开双手,放在嘴边做着喇叭状,对山喊,项——南——

项——南——

项——南——

一遍一遍,是山的回音。

置莲怀袖中，莲心彻底红。

忆郎郎不至，仰首望飞鸿。

鸿飞满西洲，望郎上青楼。

楼高望不见，尽日栏杆头。

夏别

  清晨，苔草愈加繁茂。在南方，秋日并不意味着万物需要——作别。许多葱绿植物依旧占领枯槁岁月。

  屋檐滴下露水，清脆落地，那声音仿佛能被清晰数出。可有些故事，有些迟迟无法放下的过去，是睡着了，还是又渐次苏醒？

  我忘记昨晚自己如何睡去，脑中嗡嗡鸣响，年少深处的画面不断被抽出，又被撕裂开。

  突然起身，打开包里的画板，从夹层里慢慢取出那张已经泛黄的纸页。

  唰——画纸在案台上铺开。

  连芸此时被声音弄醒，在床上侧了侧身体，看着我。

  我见她醒着便又匆匆收起画纸，迅速放回画板里。

  项南，那是什么？连芸在我背后慵懒地哈着嘴巴问道。

  我心上惊了一下，你说的是这画板里的吗？

  不是，是想问桌子上那几根白色的东西是什么？

  哦，是山药。旅店的小伙计送的。

  啊？他送的？你认识他吗？

  我愣怔一下，转过身，对连芸轻轻说，有点印象，但不太记得了。

项南，如果有天你离开了，多年以后还会记起我吗？

嗯，会一直记得李君的。

真的？

真的。

年少说出的话被时间啃噬得不剩影子。

李君，原谅多年以后我不能一眼辨认出你的模样。我不知道当自己再见你时为何内心竟是如此冰冷。

时间是不是改变了我们什么？或者，仅仅只是我变了。而你，还是那个在往事里荡漾的清澈少年。

夏清漪是在那年夏天刚来时，同她爸爸一起来到溪舟镇的。

他们来自阳城，她爸爸是个植物学家，戴着黑框眼镜，脸上严肃，是个沉默的人。每次上山考察时他都要背上一大堆包，装的是放大镜、《植物百科》和一架单反相机。

清漪不喜欢和她爸爸到深山去，所以我们常常在小河边碰到她。

那时我和李君都十岁，清漪九岁。但清漪却和我们一般高，长得也漂亮，梳两条羊角辫，大眼睛、长睫毛，脸上和她爸爸不同，她总是笑，声音又甜。

李君第一眼看见夏清漪的时候，就偷偷和我说，溪舟镇没有哪个女孩子会比她漂亮。他说完，脸上一阵通红，像飘荡在莲云山上空的云霞。

清漪常常在河边看我画画，有时帮我清洗调色盘，或是为我装来清水。那水清清冽冽，溅落到鼻翼，能闻出甘甜的味道。画笔浸在其中，如一朵饱满的牡丹，不断绽放、散开，粗细不一的线条又延伸组合出各种柔软的斑纹，如同那时我们还无法说清的未来的形状。

清漪问我，有人教过你画画吗？

我举着画笔朝空白的纸张一点点落下，没有。

那你以后可以到阳城去，我爸爸认识很多画家，他们可以教你。清漪得意说着。

我摇摇头，我不会去阳城。

为什么？清漪有些失落地看着我。

这时李君的船已经靠岸，他从船上敏捷地跳下来。清瘦的身体在水上闪过一道明亮的影子。

清漪。我轻轻在清漪耳边说，千万不要在李君面前提起那座北边的城市，记住。

清漪好奇地朝我看看，又把目光放到李君身上。

她不会知道少年身上那一条流淌无尽悲伤的河流。

李君笑着，常邀我们上船，然后他摇着橹杆带我们渡河去对面的莲云山玩耍。我们满山遍野地跑着、呼喊着。缭绕的云雾中世界不曾有过清明，感觉时间无边无际，感觉我们都在梦中。

有时遇到夏日突如其来的滂沱大雨，脚下松散的泥地和一些石块就会被流水冲到山下。冰凉的雨水顺着莲云山的山体倾泻滑下，更显阴冷。我们跳跃在潮湿斑斓的落叶丛中，看各色野花簌然落下，溪流迂回转折，无可抵挡。

雨水真的能冲刷掉一切，包括过去吗？

淋湿的面庞上，有个微弱的声音被风吹远，我们都没有听清究竟是谁在说话。

河中莲花摇曳，葳蕤生光，鲤鱼不停跳跃其间，涟漪一圈圈荡去，仿佛无数双模糊的瞳孔看岸上柳枝间抖动的鸣蝉。又有谁想到一种瞬间之后的消失。

清漪是在夏末离开的，临走时她来河岸，朝着河对面的莲云山站立许久。

她没说话，只用手扯着垂到两肩的羊角辫。它们在女孩的手上渐渐憔悴卷曲。

我当时在她身后，试图叫她，后来又阻止了这种想法。

人在悲伤之时需要足够的冷静，想清楚了很多事情，也就不会那么悲伤和忧郁。

是她先转过身的，她问，项南，你那天究竟画了谁？

我笑笑，以后如果再见到你，我就把谜底告诉你。

她摇了摇头。

我走向前握住清漪的手，不管我画的是谁，你们都会留在我的生命里。画上的那个留在纸上，没画上的那个留在心里。

清漪笑了，眼睛却湿红一片，抱住我，项南，我不想离开你和李君，不想离开这里。即使回去了，我还会不断想起你们和莲云山的。做梦都要来这里。

我伸手擦去她脸上的眼泪，这是幼童时我们最干净的安慰。

如果没有那天，李君应该也会来河边为清漪送别。但是很多事情发生之后就像射出的箭无法收回，时间是残忍前行的巨兽，带着冷漠的眼神。

那天，清漪走来，穿粉色的连衣裙，慢慢向我靠近，脸颊绯红一片。

她羞涩地喊我，项南，我有个东西给你，不过你要把这个东西给……她停住，又凑着我的耳边说了两个字。

在她说话的时候，我心里发出一阵剧烈的声响，像什么果实炸开了。

啊？我讶然地看着清漪。她的小脸越发羞红，眼睛朝我发了一下光，便转过身不再看我。

李君在远处驶来的船上看到了我们，他很快靠岸，甩了一下橹杆从船板上跳下。

清漪对我使了个眼色，我很快把信纸夹进画板里。

李君看了我一眼，显然不太高兴，他的目光和以往不一样，但又无法形容是怎样的一种低落。我不知道他是怎么了。

清漪对李君笑着，过些日子我爸爸就会结束在这里的考察活动了，到时可能就见不到你和项南了。

清漪，你要走？李君的眼神更加失落了。

嗯。要不临走前让项南给我们画张像吧。清漪说完，看着我。

心里不知是被什么触动到了，有些疼痛，无法拔出，像刺一般扎在神经上。

我轻轻地说，好。不过……嘴角停顿一下，除了墨以外其他颜料都不够用了，只能画你们中的一个。

感觉河畔突然间寂静下来，听不到水声，也看不到青碧圆盘上莲花的摇摆，只是柳枝上蝉翼抖动出的声响越发响亮。

我们的表情僵住好久。终于在清漪的说话声中打破。

她依旧笑着，项南，那你就画吧，我和李君都摆好姿势，你画哪一个都行，不过先不要告诉我们你画的是谁，等以后你再说出来。这样的游戏不错吧。

我点了点头，而李君闷闷地没有说话。

都是一张张少年的面孔，在河水的映照下似乎永远不会褪色的脸颊，那样清澈的眼眸，干净如岸边生长的兰草，散发出清怡香气。

画完后，未等颜料风干，我便将画像压到纸板之中，像一个少年时被合上的谜。什么时候揭开，永远不知道。

后来是李君先离开的，他没再看我和清漪，一个人跳上那艘旧渔船，向河流深处划去，成为比雾还朦胧的男孩。

我那时并不知道十岁的少年是什么时候开始懂得爱的。

也已经渐渐忘了当自己要去溪舟镇北端的阳城时，李君脸上究竟是不是哭了。

在清漪离开后的一年里，我和李君之间砌进了一堵墙，两个人都不怎么说话了。有时我在河边画画，他也只是在远处观望一下就走了。我蛮想开口叫他，但声音还没冲出喉咙又吞了回去。心里有两个鬼在打架，我永远不知道他们之间是谁赢了。

那一年，祖母突发脑血栓，在一个幽静的夜晚离开了。

那一晚星星很多，我的世界灌满了孤单，不再有谁抱住我唤我的小名，不再有谁说自己还有人心疼，不再看到那张伴随我长大而年老慈祥的脸，不再……我成了真正的孤儿。我跑到祖母的房间里，坐在她的床边，拼命哭喊，试图摇醒她，而她依旧露出深睡时的表情，平静而淡然，仿佛预知自己终究会到来的死。

那一年，我很少再说话了。叔叔回到溪舟镇，他把祖母安葬后，又托人把老宅转卖出去。当一切事情被安排妥当时，他轻轻拍着我的肩膀，说，小南，这些年你长大不少，是时候让你重新回城了。阿嬷的事，也不要难过。很多人来了也是会走的。

很多人来了也是会走的？是不是就像自己和溪舟镇之间的关系？原来生活了四五年的地方，始终也不是可以叫作故乡的地方，一直以来，包括父亲、叔叔以及我，也都只是它的过客。土地给人无尽的保护和慰藉，到头来，终抵不过时间或者物质带来的考验。故乡一直都在心底流浪。

是不是只有祖辈那代人才算是有纯粹故乡的人？他们的身体将融入土地，灵魂永远在这里盛放，同花草山水一样成为不会消失的标记。沿着这些标记，身陷迷途中的人偶尔才能找回一种家的感觉。

离开溪舟镇的那天，我带着画板和清漪的信又跑到河边想看看李君。等待许久，也不见他，只有眼前山水还如昨日一般熟悉，我挥手朝它们作别，然后灰溜溜地回去。

望着车窗外不断闪动的风景，我也能感受到那年夏天夏清漪离开时的心情，是有多么的不舍，她应该是挂着满脸的泪水走的，而不再像往常那般笑着。我突然想叫坐在前排开车的叔叔把车开慢点，刚一张口，表情就定格住了，最后还是放弃了念头。

该过去的一切总是要过去的，可是，心里似乎还在等待什么来挽留？

项——南——

那么熟悉的声音，从车后隐隐约约传来，又迅速消失，然后又变得渐渐明亮起来，随即又消失。

是李君！他拼命在车后追赶，不停奔跑，试图想努力把我们之间的距离缩短，可是，被时间推开的河怎还能并流？李君，你怎么这么傻！

项——南——

车子越开越远，后来少年没再跑了，我始终也没回头。我只是在后视镜里看到他站在那里，站了很久，终于模糊得只变为蚂蚁一般的点，即刻消失却还固执地站在那里。我紧紧抱着信件和画板，喊了声，李君，再见……喉咙像被人取走一样。

你没有听见。

项南，我有个东西给你，不过你要把这个东西给……李君。

那天是不是一开始就要告诉你，夏清漪藏在我耳朵里的这两个字？
这样，我们是不是都会好受些？

栏杆十二曲，垂手明如玉。
卷帘天自高，海水摇空绿。
海水梦悠悠，君愁我亦愁。
南风知我意，吹梦到西洲。

冬离

雨水不知何时入侵了阳城的冬天。在阳城以往的记忆里冬天并无雨。窗玻璃上落着不断斜坠下的雨点,远处是城市即将合上的阑珊灯火,寂静街道上打着空车灯的计程车疲倦地缓慢移动。

已经是深夜时分。我一个人睡在寓所里,世界空空荡荡,又想起一年前带连芸回溪舟镇的情景,这下翻来覆去睡不着。

现在的一切,包括住房、工作,甚至明天、未来,基本上都由连芸的父亲一手安排。大四后期我决定在阳城工作,连芸知道后便要求她父亲托人把我推荐进市里的艺术馆,整日只坐在办公室里负责展厅字画的信息核对及展览的时间安排,十分清闲。房子也是连芸的父亲找的,说这里靠近市中心,交通便利,单位有急事的话也能及时处理。

我很感谢连芸与她父亲,但总觉得这一切来得太过顺利,自己心里反而缺些什么。

寓所的钥匙,连芸也有一份。她经常晃着手里的钥匙,朝我笑着,说,项南,如果有天你把钥匙丢了,一定要告诉我,我会及时来开门的。还有,如果你在房子里做了什么不好的事情,我也会看见的哦。她仍是一年前的那个少女,可爱单纯,笑声清亮。

很多时候,她也会买来早餐,送到我房间。见我未醒,便在一旁傻傻看着,有时凑上来轻轻吻我一下又迅速跑去学校。

醒来的时候,雨还在下着。侧耳倾听,雨声如同小时候和祖母一起养的那些瓷白蚕虫,蠕动在大片脆嫩桑叶上啃食时发出的细碎声响。那些浸在雨中的记忆总使得一些过去的人近在咫尺。

连芸也在一旁,她愣愣瞧着我,然后伸手刮了下我高高的鼻梁,说,你睡觉时的样子特别可爱呢,像小孩子。

我朝她笑笑,便起身洗漱。

她匆匆吃完买来的三明治和豆浆,就先去上课了。

我穿上一件熨得有棱有角的衬衣，出门往地铁站走去。路上，上班族的步子总走得很快，像银行点钞机发出的声音，他们脸上表情冷漠，很像冬天。三五成群的学生穿着兰墨色的宽大校服，推推挤挤奔跑着。车站里更是人山人海，现代文明就是从这样一个热闹的清晨开始的。

身旁西装革履的男人怀揣着公文包，一边看着今天的报纸，一边看着穿短裙丝袜的女孩，目光不安分地落在她的大腿上，然后喉管发出吞咽的声音。

女孩淡然地从烟盒里抽出一根女士香烟来，侧过脸拿出打火机点燃，一头漆黑长发遮挡住娇小白净的脸庞，烟的雾气绕过她低垂的睫毛。她像烟雾里一枚发光的月亮。突然间她转过头来，目光逐渐从我身旁的男人转到我身上，一瞬间又停住，并用手掐灭烟头。

她似乎认识我，欣喜地向我走来，脸上笑着说，你是……项南？

我惊讶地看着她，发现这女孩竟然是夏清漪。她干干净净的长发搭在肩上，仿佛那久远夏天来时一样。眼睛明亮，还浸润着那年莲云山脚清澈的水波。

清漪，你也在这里！真是越长越漂亮了。我高兴地对她说。

她露出孩提时的笑容，狡黠地问我：你工作了？一定跟画画有关吧？

我勉强点点头。

李君呢？她问。

我哽咽住了，随后说，我也很久没见他了，你走后一年，我叔叔也把我接到了阳城。

清漪继续看着我，你还记得吗你以前说过，如果再见面的时候，你就告诉我你那时画的是谁，是吧？

呃？我僵持住了。

好啦，别紧张。其实，我很早就知道你那时在河边画的人……是李君。如果是我的话，我跟我爸爸走的那天你就会告诉我了。

清漪压低嗓音，凑到我耳边，用一种轻而郑重的声音往我大脑中输入。

你为什么那么在意李君？

我心里一下子被安上发条，不断拴紧。

因为他是我最……好的朋友。

真的吗，那我呢？

清漪，你也是……

我不知道自己究竟在原地站立多久，地铁车厢的大门似乎开启很多次，又关上很多次，身边人来人往。恍惚间清醒过来，发现夏清漪已经不见了，她像幻觉一样把我带向了很深的谷底，在那个无法回头的年少。

之后很多天我都不去想自己是不是真的有遇见夏清漪，我宁愿那只是自己白天里做的梦，虽然梦境如此真实。

我试图把身心都放到工作上，主动请求上级让自己整理近来的大量文件、报表、会议记录，甚至有时也开始给连芸打电话，对她说些无关痛痒的笑话。我想用现实驱散过去。

屋外冷空气钻入毛孔，墙角花枝大多枯萎了，剩下败落的面目，让人感到冰冷。这个冬天，总感觉有什么正靠近自己。

那个陌生的号码终于出现在手机屏幕上，不断闪动，我按下接听键。

听到电话那头略微薄弱的男孩声音，项南，我是李君。

号码是我给他的，那日在溪舟旅店里，他送我山药，我一下子认出了他。就在他转身离开时，我上前拉住他的手。

我说，李君，你怎么在这里？

他略微忧伤地回答我，项南，我一直不都在这里吗？我不像你们，我不会离开溪舟镇。

我半晌没说话。

他又看着我,说,那女孩是你女朋友吧?

我点点头。

好好珍惜。

李君,我……你……你的那艘船还好吗?

你们走之后,那船也都不能用了。有一些老人把我介绍到这家旅店,我就一直在这儿干着,老板对我也挺好的。

他的脸颊露出的还是少年时的微笑。

时间确实隔离了我们,所以当彼此相遇时也变得陌生。我不知道自己该怎样和他说离开这里后自己在阳城过的日子,我无法和他说每日封顶的高大楼房、车马如水的柏油马路、夜夜笙歌的娱乐场所以及消颓萎靡的大学生活,那一切离他都那么远。

良久过后，我只是从兜里拿出一张名片给李君，说，如果有天到了阳城，就打上面的号码，我一定来接你。

他点点头，然后脱开我的手，笑着，转身消失在夜色中。

火车站拥挤的人潮不断向我涌来，我翻看手机四处寻找李君说的位置。

他安安静静地站在西面一个破旧的出站口前面，伸出双手呵气，模样没变，还是记忆里那个清澈的少年。

我快速走过去，在靠近他的时候突然又放慢步子。李君看到我了，很高兴地朝我挥手。

到我寓所去吧。我一边拿过他的行李一边对他说。

他摆摆手，不用了，我要回去。

回溪舟镇，回莲云山？你不是刚到吗？

不是的，项南。其实，我已经来几天了。我就是想看看这座让你们都这么舍不得回去的城市究竟是什么样的。现在，我看到了，我想自己是时候回去了……不过，临走时想看看你。项南，我一直都……

李君。我打断了他的话，害怕那"一直"后面会跟着……那是我无法对他提及的。

我们先到临近的地方坐坐吧。我提议。

李君点点头，还是一脸明朗的微笑，但那笑里有失落。

我请他到车站附近的咖啡馆，其间我边喝咖啡边聊起这座城市的发展、自己的工作、住房的紧张、喧闹的街区，而他只是沉默地看我用瓢羹轻轻搅拌着咖啡，他面前的咖啡一口没沾。我意识到这些话题离他很遥远，于是便又聊起火车、溪舟镇、莲云山、幼年，甚至聊到连芸。

李君脸上突然没有了笑容，目光不断抬高，聚到我脸上，说，项南你知道吗，莲云山的雾气到现在还没散去，你以前说不会离开溪舟镇，不会离开……我，而你现在……还会回去吗？

李君，我们都长大了，不再像以前那样了，很多东西已经回不去了。

李君没有说话，目光变得黯淡。

本来今天想接你到我住的地方去的，有个东西其实很早就想给你了。我装作不经意地说。

李君脸上又有了笑容，我知道，是那张画吧。

你还记得？

嗯。一直记得。

对了，李君，我要告诉你一个秘密。

项南，我也要告诉你一个秘密。

咖啡馆墙壁上优雅的石英钟顷刻间似乎停止下来，喧嚣的人声也渐渐听不到了。世界在这样的时刻里像凝固了一样。

李君，其实清漪那时候喜欢的人是你，她要我把一封信悄悄转交给你，可是……我……

项南，我知道……那天在旅店放行李的时候，我打开了里面的画板，所以……我……也看见了那张画像……原来你……

是梦中的少年，在袅袅云雾中撑长篙翩翩而来。

山峦寂静，如同匍匐而睡的巨兽，落下安然的鼾声。

莲叶下晃动着涟漪，那飘来的渔船上一个身影渐次清晰。

船橹撑开的柳荫——倒退，镜子上清澈的倒影呈现出瓷般光亮。

他唇齿微启，在风中要发出第一个音节。

你——

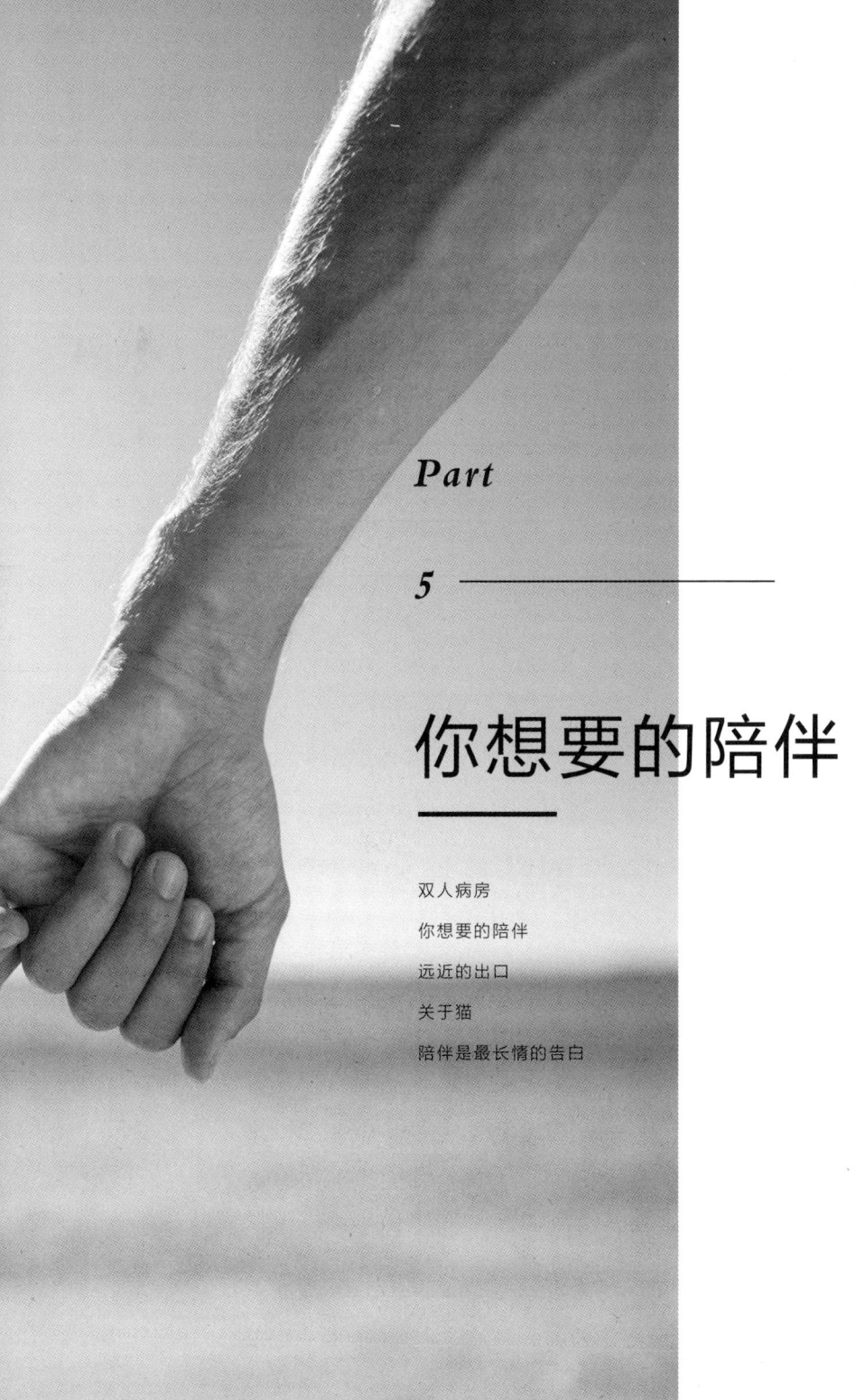

Part

5

你想要的陪伴

双人病房

你想要的陪伴

远近的出口

关于猫

陪伴是最长情的告白

双人病房

文 ♦ 吕杨阳

第二十一届全国新概念作文大赛一等奖获得者

清晨五点半,一阵闹铃声使老陈拖着不很灵活的身体起身,双脚似绑着沙袋般,迟钝地在病床下寻找自己那双鞋底开了一半的拖鞋。他站在床边伸了个懒腰,发出咯吱咯吱的声音。他回头瞅了瞅旁边睁着双眼望向窗外的妻子——窗外是一片柏树林,在柏树林的一头,是当地的烈士陵园。他朝窗外瞅了一眼,外面稀稀拉拉下着小雨。

"今天下雨。"老陈拿起一棵白菜,用手扒掉干枯的部分,随手搓成团,扔进垃圾桶,"我去给你烫个菜粥吃吧。"

无人应答。

他的妻子阿芳瘫痪了,只有面部神经没受到影响,整天躺在床上。她需要人看护,老陈就托关系在医院找了一间病房住了下来。整间病房只有两张床，很窄却又很宽敞。在这间屋中，只能听见老陈自言自语和收音机的声音。阿芳只有感到不适时会发出呜呜声，在空荡的房间里更加瘆人。老陈早习惯了。老陈拿着白菜和米到水房清洗，水池旁站着一位年轻的女子在哭，她的父亲肺癌晚期，生命只剩几天。她乌黑的长发扎起一个辫子，脸白白净净，即使哭得满脸泪水，依然很漂亮。他突然想起当年刚与阿芳相遇时，阿芳的样子。

那一年，他知青下乡，与阿芳在双鸭山相遇。阿芳梳着两个麻花辫，她的身材很纤细，在统一着装的人群里仍有着独特的气质。老陈一下就被她的样子吸引了，但读书人之间的情意似乎总是无法直白地表达。

种小麦时，老陈在一片人海中又望见了阿芳的脸，他提着一袋种子，朝阿芳走去。

"你好……我们都是……都是同一个地方过来的，你知道吧……应该知道吧？"老陈一手捏着种子，一手抹了下鼻子上的汗珠，耳朵根涨红，一直红至脸颊。

"我知道的，我见过你，在车站。"她抬头望向老陈，阳光刺向她的眼，她不自觉地皱起眉，嘴也跟着张开，露出了洁白的牙。

"嗯……那……交个朋友吧？"老陈一个转身，脑门上的汗水滴在手里的种子袋上，脚往前一迈，差点被脚下的土墩绊倒。阿芳看着老陈笑了，又露出那洁白牙齿。

往后一段时间，老陈时不时地帮阿芳扛锄头、拿铁锹，刚开始阿芳还有些不适应，后来便逐渐习惯他的热情。

一次下雨，老陈来给阿芳送雨伞，阿芳接过雨伞，说："等等，我知道你什么意思。"阿芳明白老陈的用意。

"那今晚如果不下雨的话出来坐坐吧。"

"不了吧，在这里不方便。"

"那好吧，那也好。"

老陈也没再说什么，端着一碗粥，靠着窗檐啃馒头。阿芳倒是上了心，一手握着雨伞，一手搓着辫子，眼神飘来飘去。

二人共同劳作了五载，临近返城，老陈与阿芳依依惜别，生怕就这样分道扬镳。后来知晓两人将回到故乡城市后，互相对视了一下，都笑了。

上火车时，人群拥挤，老陈叫阿芳拉着他的手，阿芳看了一眼身边熙熙攘攘的人群，拽住了老陈的一条背包带。

回到故乡后，二人被分配到了同一个单位，后来结了婚，又生了两个儿子。二人用工资和家里的积蓄，开了一家小工厂，生意做得很好。但平时两人都专心忙生意，留给两个儿子的便只有花不完的钱。

2014年春，大儿子结了婚，老陈和阿芳为儿子大办婚礼，张罗了一群亲朋好友。小儿子很挑剔，瞧不上这个瞧不上那个，一直也没找到合适的人。

这年冬天，天空飘着雪，白色的天与大地连成一片，毫无生机。接到一通电话，正在工厂里整理账目的阿芳试图让自己接受两个儿子吸毒一齐被抓进派出所这个消息，在这期间，她昏倒了两次。送到医院时，人已经神志不清。老陈知道这整个家只剩下自己来支撑了。他一面到派出所进行相关信息的核实，一面又要到医院陪着妻子治疗。生意顾不上了，工厂以低价转让了出去。两个儿子被关了一个来月，他俩当然知道这件事的严重性了，出狱后发誓要戒掉毒瘾。毒瘾是戒掉了，可阿芳久久也未能出院。

"孩子那边事儿都处理好了，放心吧。"老陈把病床摇高，让阿芳可以斜坐起来看窗外郁郁葱葱的柏树，她向往这种生机。

想到这儿，老陈抖了抖白菜叶上的水珠，用手把水里的米搓了搓，回到病房里去煮粥。雨停了。

"我给你削个苹果吧。"老陈挑了一个相对红一些的苹果，用刀熟练地削着皮。削完皮又随手在砧板上切成了块儿，放在一个盘子里，不小心有一块儿掉在了地上，老陈弯腰在地上寻找，但没能找见。他其实不在乎这块儿苹果掉在了哪儿，他只是希望妻子能够多吃一口。正吃着苹果，护工进来了，护工是个中年女人，总是戴着一只把脸遮住只剩双眼的蓝色口罩，老陈叫她小王。小王掀起阿芳的被褥，查看她是否需要换一块儿新的成人尿不湿。随后小王对阿芳竖了个大拇指："今天表现很好呀！"阿芳控制不了自己的大小便，所以有时会把排泄物蹭到被子上。护工虽抱怨，但总是给洗得干干净净。

护工离开不久，大儿子拎着两个大塑料袋过来，蹭在门框上发出哗啦啦的塑料声响。这些是他在超市里买的。他还是那样消瘦，脸在寸头的映衬下更显棱角。阿芳又一次在他身边寻找着儿媳，但这一次仍然没有找见。老陈不敢告诉她，儿子出狱后，儿媳就与他离婚了。儿子不知说些什么，他内心也怀有歉意。小儿子更是如此，以至于出事以后很少来病房里看阿芳，他不敢面对母亲，于是去了外地开始新的工作。儿子坐了很久，时不时把手机拿出，解锁后滑动几下界面，再锁好装进上衣口袋里。老陈没和他说上几句话，三人在病房里只能听见氧气机里气泡爆破的声音。

儿子又掏出了手机，看了一眼时间："那我先走了，有事给我打电话。"转身离去。

老陈连头也没抬，只用手轻抠着桌子上那本被翻烂的《活着》。病床的床头柜上总堆着几本他常看的书，他很喜欢余华写的这本书，福贵坚强的意志总能激起他继续下去的勇气。他知道阿芳的病情不会好转，而现在所做的一切也只是为了这一口氧气。他看着阿芳早已臃肿得不成样子的脸，又回想起二人共同经历过的事情。他是深爱着阿芳的，即使现在阿芳无法表达任何情感，所处的境遇也不亚于被活埋，他也从没变过心。可现在每一件事都像一根稻草，在老陈的背上一点点加重。

他想起这些，鼻头一酸。他不敢让阿芳看见，阿芳虽然身体瘫痪，但思维并没受到影响，他的喜怒哀乐她都能懂的。老陈一个转身，眼泪也没站稳。他到走廊外点了一支烟。烟雾从鼻中呼出，他便认为自己的愁绪也随这烟雾离开自己的肉体。他没有三头六臂，他也不是刀枪不入，可他也知道除了扛没有别的选择。亲戚朋友来看望阿芳时从未见过老陈愁苦的一面，他不愿意那样做，他不想博得同情，他太要强了。他望着天空中飞过的一只鸽子，是灰色的，在阳光下发着光，挥动翅膀，飞远了。

　　锅里的粥发出咕嘟咕嘟的声音，他舀起一勺，鼓起嘴把勺子里的粥吹凉，尝了一口。

　　"阿芳，吃饭了。"

　　忽然，一阵嘀嘀声响，阿芳的心电图成了一条直线。

　　碗碎了。

你想要的陪伴

文 ♦ 徐雅文

第十七届全国新概念作文大赛二等奖获得者

熊大死的时候,顾晴觉得天都塌了。

顾晴从小就梦想养条自己的狗。立交桥下面每个周末都有狗市,顾晴上学放学都要从这儿过,从小学到初中,每次经过狗市她就控制不住,有时候看得上瘾都能迟到半个小时。顾爸顾妈商量了一下,觉得这样不行,闺女看见狗就入神儿,每次都得拽着走未免有点丢人,于是他们给顾晴开了个会,会议内容只有一句话。

"只要考上一中,保准给你买条狗。"

熊大就是这么来的,顾晴从顾爸手里接过这只小泰迪的时候直接就搂着小狗哭了出来,把顾爸吓了一跳:"怎么了这是,不是给你买小狗了吗,怎么还哭起来了?"

顾晴哭得抽抽搭搭,好一会儿才说出话来:"我多不容易啊，为了你，我做数学都做到便秘了，可算熬到头了。"

所以，熊大对于顾晴的意义，不仅是渴望了十几年的小梦想，更是她豁出半条命换来的宝贝。

后来顾爸顾妈用同样的方法激励顾晴考上了本市一所不错的一本，得到了一只小萨摩，顾晴给它起名叫二蛋。

熊大和二蛋就像顾晴的亲儿子一样。顾妈看着自己闺女照顾俩狗儿子的时候总是很忧郁："平时自己饿到哭都懒得下厨房找吃的，现在狗要是哼哼一声她都恨不得把冰箱塞狗嘴里，真是闺女大了不由娘。"

顾爸在旁边琢磨琢磨，总感觉这话说的有什么地方不对。

熊大算是正常的生理死亡，十多岁，也差不多了。顾晴不能接受，哭了好几天，眼睛肿得跟奥特曼似的。她给熊大做了个小棺材，把它平时爱玩的玩具、食盆儿，还有自己亲手做的几件歪七扭八的小衣服都跟着装了进去，找了个环境比较优美安静的地方下葬了。

顾妈心疼女儿，搂着顾晴回家，安慰她："可别哭啦，你看你现在这样子怎么照顾二蛋和三儿？"

顾晴这才缓过来，想起来家里还有两只小动物要照顾。

三儿不是狗，是只小猫，熊大从小花园草丛里叼出来的。

那时候熊大已经很老了，散步跑步都懒懒的。顾爸说："熊大这是找了个小动物想替自己跟二蛋继续陪着你。"

顾晴回到家看着二蛋和三儿就一阵难过，搂着两只小动物悲伤得不得了，又是一通掉眼泪。

三儿是只小白猫，身上的白毛纯净蓬松，长着两颗玻璃珠似的圆眼睛，顾爸说三儿的眼睛透着一股子灵气。顾晴把三儿当成熊大来养，照顾得无微不至，带着二蛋下楼散步的时候也抱着三儿。

顾妈说："三儿没点猫性，楼下几只流浪猫天天跟大爷似的，心情好了喵喵叫两声，没心情的时候从你旁边过都不搭理你，有事没事还炸毛。三儿跟它们比就跟多长了个人脑一样。"顾晴听得一阵恶心。

三儿确实乖巧，乖得不像只猫，最大的爱好是履行所有本该由二蛋来完成的任务，比如给顾晴迎门，每次它往门前一趴，没两分钟顾晴就开门进来了。再比如给顾晴叼拖鞋，拖鞋跟它差不多长，叼不动就用脑袋顶过去。

这都不算什么，让顾晴一家觉得最神奇的地方是，三儿有自己的作息时间。

顾晴习惯吃完晚饭后跟顾爸下两盘象棋，三儿第一次趴棋盘旁边看棋的时候，顾晴看着它一本正经的猫脸笑得不行："哎哟三儿宝贝，你看得懂吗？"顾爸也笑着说："三儿，跟爸爸来两把？"

三儿轻轻叫两声，一直看到父女俩收了棋盘。从那之后，只要顾晴跟顾爸下棋，它就在旁边从开头看到结束，看棋的过程不声不响，俨然一副猫君子的派头。

看完棋之后的活动是看电视。三儿趴在沙发上跟顾妈一块儿看八点档，顾妈刚开始惊奇得不得了，谁家小猫每天晚上追电视剧啊！后来就习惯了，有时候看到揪心的地方还跟三儿讨论讨论剧情。

电视剧播完，顾晴一般也就收拾收拾准备睡觉了。三儿就像不用大人催的乖巧小孩，跟着顾晴进卧室趴在床头就睡了。

跟生活得这么有规律的三儿比起来，二蛋就跟个傻小子一样，整天东一榔头西一棒子地乱蹦跶。顾晴抱着三儿，斜着眼对冲奔过来撒欢的二蛋说："二蛋啊二蛋，要你有何用？"

尤其熊大没了之后，三儿更是像知道事儿一样，时时刻刻跟在顾晴身边。顾晴看家里任何一个角落都能想起熊大，接着精神就萎靡。三儿一到这时候就想着招儿地和顾晴闹转移她注意力，蹭着顾晴的小腿撒娇，顾晴把它抱起来，它伸出小舌头舔舔顾晴的脸。

顾晴看着刹不住闹又一脑袋撞墙角的二蛋，把三儿抱紧在怀里轻轻说："三儿，你要是个人就好了。"

顾晴以前从来不信什么前世今生、灵魂出窍的事，所以当顾妈一脸没缓过来的表情拉着个小姑娘对她说这是三儿的时候，她第一反应就是，这不扯淡呢吗？

顾晴一家正襟危坐开了个紧急家庭会议，与会成员包括自称是三儿的小姑娘和今天格外老实的二蛋。

顾晴制止了小姑娘自打看见她进门就直想往她怀里扑的动作，怎么想都觉得实在太可笑了。她把二蛋抱在怀里，脑子里整理了一下措辞，开口说："你说你是三儿？"

小姑娘十来岁左右，皮肤白白的，小鼻子小嘴儿，大眼睛滴溜溜的像两颗玻璃珠子，长得很灵巧。她一本正经地说："是啊，一直都喊我三儿啊。"然后还很认真地指着顾爸顾妈："爸爸，妈妈。"又指指顾晴怀里的二蛋，大眼睛笑眯眯地叫道："二蛋。"

二蛋摇摇尾巴，哼唧了一声。

顾晴笑笑，转脸冲顾爸说："爸，这是你在外面给我生的妹妹吧？直接说没事。"

顾爸的表情还处于茫然的阶段，喝了口茶润润嗓子才说出话来："真不是。

我跟你妈看着三儿变成这小姑娘的。"

顾晴沉默了，她觉得精神特别恍惚。按照爸妈的说法，他俩坐沙发上看电视，三儿趴在旁边突然放了一阵光芒，就变成这小姑娘了。顾晴觉得自己后脑勺上的毛都立起来了，再不靠谱的爸妈也不会开这样的玩笑，而且三儿确实不见了，这个小姑娘却能说出所有家里日常的大事小事，连昨天晚上的电视剧顾妈看到哪里哭了一鼻子她都知道。

二蛋从顾晴怀里钻出去，摇着尾巴跑到小姑娘身边舔了舔她的脸蛋，小姑娘搂着二蛋咯咯笑。顾晴看着这景象，脑子里就想起平时三儿跟二蛋闹着玩时候的情景。

她晃晃脑袋，一下子什么也不想去琢磨了，逃似的转身就往卧室走："我睡一会儿，吃饭别喊我。"也不管这个自称是三儿的小姑娘怎么办，她脑子里太乱了，心累。

顾晴也不知道自己是什么时候睡着的，醒来的时候还是很恍惚，下意识就往床头找三儿。那一瞬间她想起傍晚时候发生的事，顿时又感觉一阵头疼。

走出卧室，看时间已经晚上九点多了，二蛋往她腿上扑着玩闹，顾爸对着棋谱摆棋盘，顾妈坐在沙发上看电视剧，那个小姑娘坐在她旁边，正回头扑闪着大眼睛看着自己。顾晴看着她这样子，觉得倒真有点像三儿。

一家人好像就这样默然接受了小姑娘是三儿的事情。

三儿姑娘依然很乖巧，会提前给下班回来的顾晴开门，给一家人准备好拖鞋，陪顾妈做饭，还跟顾爸学了下象棋，说每次看顾晴跟爸爸下象棋都觉得好玩儿，早就想学了。

这样的日子过了将近半个月，顾晴还是怎么都接受不了。

小姑娘可爱是可爱，就算她真是三儿变的，以后怎么办？一直就这样了？

上学呢？结婚呢？户口？还有，她的生理究竟属于人还是猫？以后还会不会变成猫？

小姑娘无辜地眨着眼说她也不知道。跟爸妈商量，乱糟糟的最后也没出个结果。顾妈说："先这样吧，走一步算一步，大不了就当多养了个闺女，别的再说。"

顾晴不像顾妈那样心大，她觉得自从熊大死了到现在，一切都乱七八糟，黑夜白天都颠倒过来了。

小姑娘刚开始好像很开心，整天笑眯眯的，顾晴看着她的笑脸感觉不是滋味，她怎么也不能说服自己这是三儿，从一只猫变成了一个人。每天下班回家小姑娘就往她怀里扑，她都会往旁边躲开，看着小姑娘有些失落的眼睛她也有点不好意思，但就是不能很自然地把小姑娘搂到怀里。

她不能像以前给三儿洗澡一样帮小姑娘洗，不能没事就把小姑娘抱在怀里挠脖子逗她，不能夹一块儿肉自己咬一半剩一半喂小姑娘，不能晚上把小姑娘抱在床头一起睡觉。她甚至觉得小姑娘在旁边看着她跟顾爸下棋都很别扭。早上起床上班也比以往早了，她不能接受小姑娘像三儿一样在她脸上舔几个早安送别吻。

这是个人啊，不是猫。

小姑娘的情绪一天比一天低落，顾爸顾妈和顾晴都感受到了。

顾妈搂着小姑娘问："宝贝怎么一天比一天没精神？"小姑娘摇摇头说："没什么。"顾爸摆好棋盘说："三儿闺女来跟爸爸下棋吧。"小姑娘心不在焉地挪着棋子，眼睛里没有一点光。

顾晴不是不懂，每次她躲避开小姑娘的亲昵，都会令她看着自己的眼神黯然一层，眼睛里满满都是慌乱和失望。顾晴也觉得不忍，只能不去看她，转身抱着二蛋玩。

今天又是这样。小姑娘已经不再像最开始那样见到自己就热情地扑过来，她只敢带着点期待，尽量跟顾晴有多一点点的肢体接触。顾晴看着她小心翼翼地拉拉自己的手立马又松开的样子，心里一股说不上来的滋味。她想了想，摸摸小姑娘的头发："我带二蛋下楼遛遛，你去不去？"

小姑娘眼里那一瞬间绽开的光芒，顾晴过了很久以后想起来都会一阵心酸。

顾晴记得，那个傍晚小姑娘特别开心，在小花园里和二蛋一前一后蹦跶着，笑容灿烂得都有些耀眼。

隔壁楼的李姐带着她家小妮儿也在小花园里散步，小妮儿老远就冲顾晴喊："顾晴姐姐！"

顾晴笑着迎上去，小妮儿怀里抱着什么东西扑过来，满脸都是兴奋："顾晴姐姐，你看我妈给我买的小猫！"

"哟。"顾晴从小妮儿怀里抱过小猫，是只普通的小花猫，两个巴掌那么大。顾晴挠挠小猫的脖子，小猫喵喵叫得人心都酥酥的，她在小猫鼻头上亲了亲，逗小妮儿："成天闹着养小猫养小猫，终于给你买啦。"

小妮儿把小猫小心翼翼地抱回怀里，疼爱都快从眼睛里溢出来了，"我的小猫可爱吧？"

顾晴摸摸小猫头说可爱。她想起了以前的三儿，有点怀念。

李姐这才跟上来，捏捏小妮儿的脸跟顾晴说："可闹死我了，给她买了总算是消停了，也不知道能不能养好。"小妮儿一脸认真地跟她妈妈保证："我一定好好照顾它。"

"哎哟。"李姐往顾晴身后看了看，小姑娘牵着二蛋不知道什么时候跟过来了，李姐摸摸小姑娘的头："这谁家小姑娘，怎么哭了？"

顾晴猛地回过头，小姑娘无助灰暗的眼神像一把锤子，狠狠闷在她心头。

又过了几年，二蛋也死了。顾晴把二蛋埋在以前埋熊大的地方。那之后，她再也没有养过任何小动物。

很多年以后，她还是会梦到熊大、二蛋和三儿，会梦到那天晚上的三儿，然后流着泪醒过来。

"顾晴，我知道熊大死了你很难过，我也很难过。看到你那么难过，我就更难过了。"

"我不知道该怎么做，我就是想努力陪你久一点。"

"你不是也说过吗，如果我是人就好了，我变成人了呀，可是你好像就不需要我了。"

"你不再抱我了，也不亲我了，不跟我玩，你不再喜欢我了。"

"是因为我没有会动的耳朵也不会喵喵叫了吗？"

"我不知道该怎么办，顾晴，你有很多人、很多小猫可以陪着，你不要我了，可以去挠其他小猫的脖子，它们都会喜欢你。"

"可是我只有你。"

"我就是不想让你那么难过，我以为这是你想要的陪伴。"

"对不起。"

"顾晴，我最爱的永远都是你。"

三儿慢慢变回猫的样子，残存的笑影灼伤了整个梦境。

远近的出口

文 ♦ 侯沐

第十七届全国新概念作文大赛二等奖获得者

　　李墨渺是被一阵冷风吹醒的。那会儿她正做着美梦：好像又回到了小时候，追着风筝跑啊跑，仰着头被明晃晃的日光泼了满身，使劲眯缝着眼从狭小的视野里跟随风筝的踪影，闻到青草若有若无的香气。嗯？怎么是茉莉花味儿的。追不到了，让我躺一会儿，好香。李墨渺喃喃着满足地放慢脚步就往下跌，连膝盖都还没挨到一丝丝翠绿的香气的时候，一阵诡异的凉风袭来，李墨渺只得十分艰难地睁开了眼睛。

　　"寐大爷！我的被子呢？还有为什么我在客厅沙发上啊？周末睡懒觉的权力都被剥夺了，还能不能让生长在红旗下的好少年快乐成长啊！"没人回应。李墨渺傻坐着盯了一会儿只穿了小短裤的光溜溜的腿，然后听到了熟悉的歌声从厨房飘来："你是我天边最美的云彩，让我用心把你留下来……"

趁着他还没用尽全力喷出那全国人民耳熟能详的三个字的时候，李墨渺咣当一声及时踢开了厨房门。李寐被吓得一激灵，差点把手里正在搅拌的鸡蛋糊糊连碗带筷子一块儿扔锅里去。粉色小煎锅发出呲呲的声音，散发出迫不及待的油烟。他转过身看见李墨渺，又满脸堆起笑："渺姐醒啦，爸爸在做早餐呢，水果沙拉在桌上你先吃点，橙汁马上榨好了。哎呀爸爸还在研究双面煎蛋怎么煎才不会太老，爸爸太笨啦都煎坏三个啦……"

李寐对着小粉煎锅一脸苦恼，头发上居然还粘了一点鸡蛋液。李墨渺气势汹汹地踏着人字拖走向厨房角落的小餐桌，一屁股坐下把水果沙拉嚼得震天响，活活把一张巧目盼兮、巧笑倩兮的小脸嚼出了满脸狰狞。

"寐大爷你今天是不是又要相亲？"

李寐背对着她虎躯一震，手上煎蛋的动作还没有停，"那个王阿姨真的还不错的啊，楼下居委会刘大妈千叮咛万嘱咐地让爸爸好好把握这次机会，说人家王阿姨是医院的护士，人又温柔又体贴，关键是特别爱打扫房间，漂亮还爱干净，多好一人。这事儿要成了，咱爷俩平日里根本不用担心大扫除，可劲儿折腾，那多好，对吧渺姐？"

李墨渺拿着勺使劲戳着水晶碗里面所剩无几的水果块儿，它们蔫头耷脑地躺在碗底一小圈白色沙拉酱里，身上不知挨了多少勺子戳，也不知道它们是医院护士王阿姨的还是楼下居委会刘大妈的芳魂。

李墨渺终于闷闷地开了口："上次的黄阿姨说是爱干净，结果是严重洁癖，一上咱们家来就各种喷消毒液，还害你过敏打了好久的喷嚏……还有上上次那个米阿姨，说是温柔体贴，结果第一次见面恨不得把所有家务全包揽了，一进门就自来熟，就差当场扒光咱俩的衣服扔进洗衣机了，我费了老大力气才把她劝走……还有上上上次啊，哎哟那什么阿姨我连名字都记不起来了，为了躲她咱们都差点搬家了……通通不靠谱到令人发指，全都是楼下居委会刘大妈的热情介绍，一个个都吹得好上天了。好奇怪，寐大爷你怎么还要听她的。"李寐没说话，专心致志地把那个终于试验成功的双面煎蛋放在烤好的吐司上，盖上黄瓜片、番茄片，又压上一片吐司。

"哈哈，爸爸终于成功啦，来，快咬一口看好不好吃？"李墨渺被硬塞进一大口，挑着眉毛不满意，含糊不清地继续叫："寐大爷！你有没有听我说的话啊！"李寐看着女儿的吃相笑脸盈盈："啊？说什么啊，咽下去再说啦，小心噎着。"李墨渺费力吞下喉咙，抿了抿嘴，嗯，味道还不错。接住李寐递过来的橙汁，咕咚灌下一大口，清了清嗓子说："我刚刚说，吃完早饭我帮你挑衣服。"

李寐站在镜子前又使劲往下扯了扯白衬衫，妄想扯平肚子上那一圈出现的褶皱，看着镜子皱起了好看的眉头："哎呀渺姐，我非得要穿正装吗，爸爸都该减肥啦，身材都不如当年了。会不会给人印象不好啊？"李墨渺表情认真地对付着李寐胸前的深蓝色暗纹领带，漫不经心地回答他："经典的才最有味道嘛，而且是第一次见面，正式点比较好。寐大爷最帅了，身材不减当年！隐约能看出你当年身为校园猫王的身姿嘛，怪不得妈妈会看上……"

李墨渺突然噤了声，抬头对上李寐也突然神情复杂的眼，吐气似的轻轻说了句："对不起。"李寐连沉默的时间都不给，神情立刻恢复正常，笑嘻嘻地用胡楂儿去蹭李墨渺的额头："哈哈那当然，爸爸当年可是迷倒一片无知少女的大帅哥！"李墨渺也释然地跟着笑："就你帅！皮鞋我擦好了放在门口，我去给你拿袜子。中午你们吃什么？日餐？好。"李寐踱着步走向沙发坐下，脸上依旧保持着笑意。

一声掀翻屋顶的惨叫从卧室里边传来："寐大爷！你怎么把我房间搞成这个样子！"披头散发的女生又踏着人字拖抓着双白色袜子冲到客厅。"哎呀我本来早上做饭想找围裙的，到处都没有，就把你抱到沙发上，小小地翻了一下你的床……爸爸不是故意的。"李寐为抵挡魔音穿耳，捂着耳朵靠在沙发上，居然嘟着嘴开始卖萌……围裙怎么会放在自己床上，李墨渺好想捂着脸装作不认识这个穿着正装、打着领带还光着脚，对着她卖萌的男人。"好啦没事！快把袜子穿上不然约会要迟到了。"

看着李寐满意地出了门，李墨渺才轻轻把自己扔到沙发上，抬起双臂抱住自己。

维持这种状态有多久了？闭口不提假装生活平静如水，可明明两个人都知道那个女人有多重要。要不是今天自己一时失言，大概两个人可以刻意回避更久一点。

是车祸，女人猛打方向盘用自己这边接住前方失控的大卡车，李墨渺没在车上，李寐重伤，女人没了。李墨渺是看着那个脆弱的男人在病房里刚刚醒来就如何大哭大叫的，李寐从来没有在她面前那么失态过。歇斯底里，声音嘶哑，眼泪铺天盖地。李墨渺不害怕这个男人有什么过激举动，她只是特别心疼，又难过又心疼。

那时候李墨渺还小，小小的李墨渺轻轻地叫他："爸爸，爸爸，不要再哭了，我还陪着你。"李寐打着石膏，用还能活动的一只手搂住李墨渺，紧紧地搂住。"小渺儿啊小渺儿……爸爸不好，对不起，爸爸把妈妈弄丢了。你怪爸爸吧，爸爸好难过……"

那是李墨渺第一次学会安慰人，她抚摸李寐的头发："我不怪爸爸，以后我保护你吧。"李墨渺陪着李寐慢慢康复，没做任何心理治疗只是陪着他。李寐再没叫过她小渺儿，李墨渺也再没叫过他爸爸。两人凭着无厘头的精神好好生活，任凭日子鲜活得鸡飞狗跳，再不让自己陷进痛苦跟悔恨的泥潭。李墨渺始终觉得，她天生就是为了这个男人在世界上不孤单而存在，她在延续妈妈的使命。

李墨渺最好的一点就是什么事情都能点到为止，趁着眼泪还没掉下来，猛地一起身开始了扫除大作战。回忆如潮水，不被卷进去也会湿一身的，所以最好的办法就是不要傻呆呆地坐着，转身撒丫子就跑。

李寐回来的时候浑身酒气，李墨渺靠在沙发上等他，已经开始眼皮子打架了。咣当一声关上大门，李寐蹬掉皮鞋踩在地上，凭着酒劲儿大吼一声："留下来！"李墨渺整个人差点从沙发上蹦起来。早上阻止成功了，结果晚上还是让他给脱口而出了，失策了。

"寐大爷！你居然喝酒了！这不正常！"

李寐醉眼蒙眬，靠在门框笑嘻嘻地看着李墨渺开口："渺姐，我相亲又失败了。人家一听我叫'你妹'还以为我骂她呢。哈哈，渺姐你是不是故意的，明明知道我要吃日餐脱鞋进去跪榻榻米，你还给我拿了白色袜子，人家一看脸都要绿了。啊，一定瞬间觉得我好土啊！我吃了点寿司实在扛不住她的面如死灰，随便找了个借口抓了半瓶清酒就付账走人了。你是不知道，我走的时候一回头，瞥见她在包间里抓着刺身一阵狼吞虎咽，哈哈，看样子一定饿坏了……"李墨渺哈哈大笑，一副阴谋得逞的样子，反正一定不会成的啦，还不如让我早点帮你解决了。

"你找了什么借口回来？"

"我老婆生日。"

李墨渺愣了一下，看向李寐。他还牢牢地抓着那瓶酒，把自己挪到沙发上坐好，神色平静，眼神清澈，完全不像喝多了的样子。李墨渺心想，行吧，今天注定得湿一身索性也就不跑了吧。她走过去，依偎着李寐坐在他旁边。李寐动了动身子，自顾自开始说下去。

"今天那个女人怎么能怪我的名字不好呢，爸爸最爱的就是自己的名字。当初你奶奶生我的时候难产，我们老爷子一天一夜没合眼，嘴边都着急上火起了个大泡，心里火烧火燎盼着我降生。等到凌晨天刚蒙蒙亮的时候，我才终于落了地。老爷子说，我哭的那一声，是他这辈子听过最好听的声音，是夜之末昼之初的钟声。他老人家放了心，抱了抱我，然后坐在产房外的硬长椅上就沉沉睡去。那可是北方大冷的冬天啊，老爷子披了件军大衣，就侧躺在长椅上安然打鼾，没人吵醒他。老爷子睡醒之后，就给我起了'寐'这个名字，意思是安稳沉睡。老爷子就希望我能睡一辈子好觉，不被打扰。

"后来我带你妈妈去见了老爷子，老爷子啥也不说，就只顾闷头喝酒，你妈妈那时候也傻，陪着一杯一杯往下喝。老爷子多大酒量啊，你妈妈几杯下肚就红了脸，歪歪倒倒站起身，声音清脆：'叔叔，我就喝这最后一杯。您别担心他跟我在一起会过不好，他跟我在一起的时候，一直都能睡安稳觉。'你妈妈说完这句话咕咚一声干了手头的酒，杯子都没拿稳咣当掉地上，人就趴在桌子上睡去了。老爷子热泪盈眶，说：'是个好孩子啊。'然后我们俩就在一起了，再然后，就有了你。

"我们俩宠你啊，你要什么我们都给，从来舍不得让你吃一丁点儿苦。你还记得你小时候特爱吃的茉莉花味儿的苹果吗？你妈妈喜欢茉莉花，你又爱吃苹果，有一天突发奇想要综合这两种味道，哭着闹着要吃茉莉花味儿的苹果。我急得抓脑袋。结果你猜怎么着，你还真吃着了。我看见桌上的湿纸巾，茉莉花味儿的，撕开可劲儿往苹果上抹，苹果都变亮了好多。你闻着香香的，张嘴就咬，味道好奇怪，就丢到一边了，再也不闹着要吃了。后来我每次逗你，要不要吃茉莉花味儿的苹果呀？你都急忙摆小手：'不吃不吃，不好吃。'哈哈，你妈妈为这事儿没少笑咱俩。

"我们都那么宠你，你一点苦没吃。可是后来你妈妈没了之后，一直都是你照顾我，自己学会好多爸爸没有教过你的东西，可是我一点都不骄傲，我好难过。爸爸没有给你跟别的小朋友一样的家庭，还让你一个人承担那么多，我好心疼。

"你妈妈刚走的那段时间,我几夜几夜睡不着觉,想着都已经'名不符实'了,跟着她走了算了。可是天亮看见你,那么小的个子,学着你妈妈的样子做那么多家务事,从没喊过累。我就想,我不能啊,你可是我的礼物啊。而且,你也是世界上唯一与我跟她相关的联系了。我一想到她去了离我好远的地方,我咧着嘴就想哭。但是看看你,你就在我面前,她其实又离我好近。我好想她。"

李墨渺看着李寐像个受了莫大委屈的孩子一样扁着嘴突然就大哭起来,只好轻轻拍着他的背,握住他的手贴在自己脸上:"我在啊我在啊,摸摸看,是真的,就在你身边,是很近的。"李寐转过头来看着她,眼睛含着泪花亮晶晶的。

"我们当初给你起名字的时候,是句诗,'恰是未曾着墨处,烟波浩渺满目前'。现在我明白了,你是我们轰轰烈烈之后留下来的平静如水的礼物,你的存在才是我跟她这幅画的最重要的地方。"

李墨渺傻了好久,一抹脸上湿透了,好吧,果真还是被湿一身了。但李寐还是不给她安静的沉默时间来消化这么大的信息量,他又笑嘻嘻地开口:

"渺姐,你说咱俩这是不是就叫作相濡以沫啊?"

"……那个,寐大爷,我昨儿才学了这个词。它的意思是泉水干涸了,鱼就靠在一起以唾沫相互湿润。哎呀好恶心,我才不要互相吐口水在身上……"

只要你觉得我离你很近就好,咱们好好生活就好。我当然原谅你,原谅你所有感到难过、不骄傲跟心疼的事。我不需要新妈妈,你也没法去找一个替代她的人。让日子继续鸡飞狗跳吧,她那么远也注视着我们,我这么近就在你面前。好好睡吧,晚安。

关于猫

文 ♦ 魑魅

第十八届全国新概念作文大赛二等奖获得者

听朋友说,它是在一个星期前的晚上跟着他来到这里的。应该是只野猫,凌乱的毛发,并不壮实的身子,以及看上去就很野的一撮黑毛。

怎么说呢,其实我对宠物一向不太感冒,因为太麻烦,侍候它吃饭喝水,侍候它拉屎拉尿,连自己都照顾不好的人哪儿来的闲情雅致去养宠物。所以它来的那天,其实我是拒绝的。

那天晚上我正在为一篇稿子发愁,很久没有动笔让我第一次感受到原来写东西也会变成一件很痛苦的事。外面下点小雨,淅淅沥沥地落在屋檐,我伸手出去接了点,一秒钟后被冻得又缩回来。据说伸手接屋檐水的话,手上会长很多疮,很痒很痛,外婆告诉我的。小时候总是被这种话吓到,一度看到屋檐水就下意识地躲开,哪怕后来长大了知道这只是大人吓唬小孩子的把戏，也还是习惯性地去躲。

房间里开了空调，风口正对着我吹，32度的风让我的脸和整个房间一样干燥，伴随而来的就是赶也赶不走的焦虑。我索性把落地窗打开，出去抽支烟透透气。

它就是在我抽烟的时候撞进来的，之所以说撞是因为它的动作真的很粗暴，大概是房间里的温度让它很向往，它一脑袋直接撞在了玻璃门上，"咚"的一声闷响吓得我呛了一大口烟。

"啊！这什么玩意儿！"我掐掉手里的烟头，赶紧招呼朋友把这毛乎乎的东西弄出去，"哪儿来的猫啊！"

"你鬼叫什么呢！"朋友过来抱住猫，"别吓着猫了。"说完带着猫进了房间。

算起来，这应该是我和这只野猫第一次见面。其实也不是没有养过猫狗之类的动物。在我很小的时候父母外出经商，把我寄托在外婆家里。我老家是个山城，有山有水，很是清闲，外婆外公在郊区定居，有一套小四合院，我记忆里童年的场景大多都和这四合院有关。农村里总是爱养些猫狗看家护院，外婆家养过一只小白狗，很瘦，怎么喂都喂不肥，唤作小白。每次姨夫接我放学回家，小白永远是第一个出门迎接的，大老远听着摩托车声响就跑出来趴在铁门上，尾巴直摇个不停。平日里给它喂食，它总爱先摇着尾巴绕着主人转一圈再低下头去吃，发出吭哧吭哧的声音。每次家里有人出门的时候，它都会跟在后头到屋门外的田坎上，等到你走远了拐弯了看不见了，再溜溜地跑回去。

那时候还不知道什么"狗是人类最好的伙伴"这样的说法，只觉得小白挺乖，从不乱跑从不咬人。看到这野猫的时候莫名其妙地就想起了它。

朋友叫这只野猫"失眠"，听到这个名字的时候我可劲吐槽了半天，一只猫，还取这么个文艺的名字，还失眠，干脆叫"多梦"算了。后来朋友解释说，是因为这猫右眼有一圈黑毛，就跟人的黑眼圈一样，所以才叫失眠。

我翻了个白眼，默默吐槽。想着要和一只猫同住一个屋檐下，想到那野猫拉屎拉尿，一身猫毛，心里打了个冷战。我不止一次提议在门口给它建个窝，让它住外边也不会被风吹雨淋。朋友则一脸嫌弃地看着我说："你怎么那么没有同情心啊，这么冷的天，你都知道吹空调，人家猫就不冷吗！"

我羞愧，我忏悔，我无地自容。不管怎么样，我被动地接受了和一只野猫住在一间房子里的命运，并且还要无条件地接受将自己的食物匀出一些给猫吃的命运。

看着碗里本该属于我的红烧鱼进了它的肚子，我一脸幽怨地望向朋友，他大概也觉得有些不好意思，干咳了两句说："我已经给它买了猫粮了，今天应该就能到。"万幸，有了猫粮以后我终于又体会到了吃饱饭的感觉。

就这样这只野猫，不，现在应该叫它家猫了。这只家猫从撞我的落地窗到撞进我的生活里，于是乎，每天早上我起床刷牙的时候都能听见猫的喵叫，每天都能在沙发上看到猫毛，每天晚上写稿子的时候一抬眼就是一双贼幽幽的猫眼，每晚在阳台抽烟的时候都有一只猫站在身边。有时候它也会撒丫子跑出去野一天，不过晚上十二点前都会回来，它算准了我十二点会关门，踩着点哧溜一声窜进来，再理理乱毛，慵懒地看着我。有两次它也晚点了，我特意站在门口等着看它笑话，谁知道它看到我的上一秒还火急火燎地没头苍蝇一样乱窜，下一秒看到我了一愣神，咧开嘴喵一声，趴在门口，算准了我会开门放它进来。它总是一副欠揍的表情！

倒也和谐。

直到那天早上。我换好衣服梳好头发，搭着毛巾准备去洗脸刷牙，一出房门一落脚，就听到啪一声。老实说我当时愣了三秒，心里涌起一股不好的念头，低头一看，果然。我的新鞋，匡威木川系列，踏在了一小摊猫屎上面。对于一个洁癖的人来说，能够忍受这只猫存在的最大的一个原因就是它没有在家里拉屎拉尿，并且每天朋友都会定时三次打扫猫毛。那一刻我刚刚消退的对于这只猫的讨厌又重新回到峰值，并且稳步上升。

"哎呀，猫猫狗狗的嘛，看在它第一次的份儿上饶了它吧！"朋友安慰我说，"哪有小动物不乱拉屎的。"

小白就从来不会。外婆家的小院里，除了水泥地还有一块儿泥巴地，种了些瓜果蔬菜，那块儿地就是小白方便的地方。小白习惯在那棵枣子树下方便，方便完了还要刨两脚泥土遮盖。有次我看到它大老远飞快冲过来，还以为发生了什么了不得的事，哪知道它窜到树下……你懂的。

不过失眠毕竟是一只野猫。可能真的只是偶然，那之后失眠再也没有在家里乱方便，我也渐渐忘了那次的不愉快。有时候看着它吃猫粮，嚼得嘎巴嘎巴的还挺有意思。别人说养宠物最享受的就是看它吃东西和抱着它的感觉，我做不到抱着它，看看它吃东西还是可以的。猫吃东西很斯文，不像狗，吭哧吭哧两下就没了。猫吃完还舔舔爪子，挠挠脖子边的毛，倒也看出点优雅的味道来。朋友在的时候失眠大多数都被他抱在怀里，它似乎很享受主人温暖的怀抱和温暖的空调，赖着不愿意动弹。

因为失眠的出现，生活也多了点乐趣，至少每天不再只有吃喝拉撒睡写这六种状态。偶尔能听到一声喵叫，能听到一阵动静，房子里也显得不那么冷清。我开始渐渐理解那些养宠物的人的感受，人类是所有动物中最擅长社交的动物，也是最适应群居生活的动物，但是偏偏的，人类也是最孤独距离感最重的动物。也许一只不会说话的宠物，一只猫，一只狗，有时候比一个人来得更加安心。我开始习惯晚上写稿子的时候失眠趴在脚边，有时候还伸脚去抖抖它的肚子；不再那么拒绝它爬过的沙发，只要没有猫毛忍忍还是能坐；时不时地也给它喂点吃的，带回来的外卖总分它一点。就像是家里多了一个人。

就在我习惯了失眠的存在的时候，它却自己离开了这里。那天早上朋友冲进我房间把我叫醒，夜里两点半才睡的我大有一种你不给我个说法老子就揍死你的冲动，他却张口问道："你看到失眠了吗？失眠不见了！"之后就是很久很久的沉默。

我们找了很多地方，小区里的每一个角落，甚至是女厕所都冲进去了。不过都没找到失眠。它消失得那么突然，以至于我无法用文字表述。它就这么消失在我们的生活里，来了又去。房子里只剩下小半碗猫粮，一个用硬纸板搭成的里头塞了棉花的窝，还有一小杯它喝剩下的已经凉透了的牛奶。因为我的洁癖，甚至没留下一根失眠的毛。我清楚地记得昨晚朋友有事晚归托付我给失眠喂吃的，倒牛奶的时候失眠还舔了一下我的手指，很轻很羞，怯生生的。为此我还特意用香皂洗了手，那时候没想过，也许，这是失眠的告别。如今失眠就这样走了，又回到了它野猫的身份，或者说，是流浪。

前两天朋友离开长沙回家过年，房子里就只剩下我一个人。我每天还是会在门口摆一点猫粮和牛奶，害怕哪天失眠又突然回来没东西吃会饿着肚子。晚上站在阳台上抽烟的时候总是不自觉地喵两声，好像这样就能把失眠叫回来。我开始想念每天晚上有个家伙陪着我抽烟写字的生活，只不过，那只叫失眠的猫已经走了。

其实猫并不是一种很吉利的动物，在我老家老人们常说猫长着阴阳眼，能看到很多人看不到的东西云云，会带来霉运。不过我却不这么觉得。小时候我很害怕那些昆虫，螳螂、蜘蛛、飞蛾之类的，外婆告诉我，如果哪一天突然有个动物闯到你身边来了，那一定是家里亲人的思念化身的。说这话时外婆笑得很慈祥，脸上的皱纹叠成一条条沟渠，她说小白就是这样的呀，爸爸妈妈出门了，他们对你的想念啊就变成了小白到了我们家。

我想，失眠应该也是的。离开家里到长沙已经快半年了，说不上久，但是也不算短。前段时间外婆过生日，打电话过去的时候外婆正在做饭，从扩音里能听到外婆在那头说话，大致是问我长沙冷不冷哟，有没有多穿衣服哟。明明十八九岁都能称为男人了，在外婆心里自己却依旧是个长不大的孩子。复读两年，外婆从没问过我考得怎么样，只是在我决定再来一次的时候总是心疼地说："又要多恰一年亏哦！"

我掐了烟头，站在阳台上吹冷风。长沙的冬天真的很冷，湿冷，冷得透，也不知道家里怎么样了。我又开始担心失眠，这么冷的天，没有遮风挡雨的地方，该怎么过下去。明明可以享受作为家猫的温暖舒适，却又偏偏不死心地出去"闯荡"出去"流浪"。这么想来，还真是和我一个脾性。

房子里的空调依旧暖和，我吐了一口外面吸进来的凉气，捧着水杯暖暖冻僵的手，敲完这最后几个字，我也要整理行李回家过年。已经出来了太久时间，对于在外远行的人来说，每一秒都是漫长的，因为在家里有家人陪你分享这一秒，而在外面，只能自己独自承担这一秒。临走之前我还会热一杯牛奶倒一碗猫粮放在门口，也许失眠还会像那天晚上一样来撞我的落地窗，也许失眠还会像平常一样来吃食，也许，它还会回来。谁知道呢？

陪伴是最长情的告白

文 ◆ 赵建超

第十八届全国新概念作文大赛二等奖获得者

少年

好久没见到你。

被风深深拥抱过的少年，我的少年，你还好吗？

如果我没记错的话，距离我们最后一次见面，已经过去了七个月。

你还记得我吗？还记得我吗？

或许你早已经将我忘记，正如我此刻正在学习怎么不想你。

如果可以，我真想重新遇见你啊！

时光掠过剪影，脑海中又浮现出你我第一次相遇时的画面，那时太阳从云层中钻出来，沐光微染。或许那天不是这样的，但那又有什么关系呢？

我不止一次地想过，要是时间永久地定格在那一天就好了啊。

只是，不可能了，永远也不可能了。

可，爱，这件最无法自欺欺人的小事，又是能改变和拒绝的吗？

很久很久以后，你一定会遇见一个像我一样的人，请不要辜负她。

突然就想起最后一次看见你。

我看见你就站在那里，与风紧紧相拥着。

你又哭了，你的眼泪多得像断了线的珠子，流不完，流不尽。

我多想冲上前去，擦干你脸上的泪，可是我没有，我不够勇敢，我太怯懦了。

于是乎，勇者踏上冒险的路，执着追求自己的理想，匹夫只能注视着勇者的背影。

归人风尘仆仆，来自遥远的国度，过客来去匆匆，闪烁破碎的光影。

我不是一个勇者，我只是匹夫。

我不是一个归人，我只是过客。

文字

在认识你之后，我就开始和文字做朋友了。

我经常在草稿纸上写字，都是一些不完整的，零星的片段。

他们说，喜欢文字的人都是不快乐的人，文字是孤独者疗伤的药。

可我却并不这样认为啊。

我说我喜欢你，所以我就把它们写下来，然后等到我们变老，我再将它送给你。

那时我真的是很傻很天真。

朋友都劝我，你跟他在一起不会有好结果的，你们不适合。

我都听不下去。

那时的我像极了现在的你，一意孤行，意气风发，认定了自己的目标后就风雨不动安如山。

我还常常在想，要是当时我能坚持下去就好了啊。

只可惜现在，错落的时光和回忆如潮水般向我涌来，我搁浅在一个名为爱情的沙滩上，你早已经乘风破浪去了更远的地方。

我不被人理解，不被人认同，语文老师说我写的东西完全不能看，我的作文有好几次都是零分。

他们都说我悬在危险的边缘，而其实，我早就已经没有退路了。

这时我感到我挚爱的所有东西都背叛了我。

少年，和文字，还有我的朋友。

在一次又一次的劝说皆以无果告终之后，我终于沦为孤独症患者。

这也是我早该预见到的，不是吗？

然而我仍没有放弃文字，尽管它抛弃了我，给我施加以最深的伤害，我照单全收。

愿所有的时光都如此刻般安好。

愿躺在手心的梦想永不消逝。

时光不老，岁月静好。

而现在，我很好。

你也要好好的。

青春

我不知该说些什么，那么，我想为你朗诵一首席慕容的诗：

所有的结局都已写好

所有的泪水也都已启程

却忽然忘了是怎么样的一个开始

在那个古老的不再回来的夏日

无论我如何的去追索

年轻的你只如云影掠过

而你微笑的面容极浅极浅

逐渐隐没在日落后的群岚

遂翻开那发黄的扉页

命运将它装订的极为拙劣

含着泪 我一读再读

却不得不承认

青春是一本太仓促的书

终

轮廓被时间冲洗得越发模糊的少年陪我走过一段迷茫漂泊的路。
我曾经引以为傲的文字在狠狠伤害过我后又给我寂寥以慰藉。
我知道,青春还将陪我走过一个又一个年头。
陪伴是最长情的告白。

图书在版编目（CIP）数据

全国新概念作文大赛获奖者优秀作品：精华版．陪伴 / 刘奔三主编． -- 北京：北京时代华文书局，2020.3
ISBN 978-7-5699-3453-3

Ⅰ．①全… Ⅱ．①刘… Ⅲ．①中国文学－当代文学－作品综合集 Ⅳ．①I217.1
中国版本图书馆CIP数据核字（2020）第002528号

全国新概念作文大赛获奖者优秀作品：精华版．陪伴
Quanguo XinGaiNianzuowen Dasai Huojiangzhe Youxiu Zuopin: Jinghuaban.Peiban

主　　编	刘奔三
出版人	陈　涛
选题策划	田晓辰
责任编辑	田晓辰
装帧设计	新艺书文化　段文辉
责任印制	刘　银　范玉洁

出版发行	北京时代华文书局　http://www.bjsdsj.com.cn
	北京市东城区安定门外大街138号皇城国际大厦A座8楼
	邮编：100011　电话：010-64267955　64267677
印　　刷	三河市祥达印刷包装有限公司　电话：0316-3656589
	（如发现印装质量问题，请与印刷厂联系调换）

开　　本	787mm×1092mm　1/16	印　张	15	字　数	205千字
版　　次	2020年4月第1版	印　次	2020年4月第1次印刷		
书　　号	ISBN 978-7-5699-3453-3				
定　　价	35.00元				

版权所有，侵权必究